KB175981

진지하게
회사 빼고
다 재미있습니다만

진지하게
회사 빼고
다 재미있습니다만

초판인쇄 2020년 10월 26일
초판발행 2020년 10월 26일

지은이 롸이팅 브로(Writing Bro)
펴낸이 채종준
기획 · 편집 김채은
디자인 손영일 · 홍은표
마케팅 문선영 · 전예리
펴낸곳 한국학술정보(주)
주 소 경기도 파주시 회동길 230(문발동)
전 화 031-908-3181(대표)
팩 스 031-908-3189
홈페이지 http://ebook.kstudy.com
E-mail 출판사업부 publish@kstudy.com
등 록 제일산-115호(2000. 6. 19)

ISBN 979-11-6603-154-0 13810

진지하게
회사 빼고

다 재미있습니다만

라이팅 브로(Writing Bro) 지음

이담
Books

나는 왜 '일' 대신 '일탈'을 하는가

　얼마 전에 잘 다니던 회사를 그만뒀다. 더 정확히 이야기하면 이직하기로 했던 회사가 있었는데, 출근 일주일을 남겨두고 입사를 포기하겠다고 통보했다. 딱히 이유는 없었다. 그냥 가고 싶지 않았고, 그걸 실행에 옮겼다. 이직을 결정하고 전 직장을 퇴사하고 나온 뒤 새로운 회사로 출근하기로 한 날까지 약 한 달 정도의 시간이 남아있었다. 나는 그 시간 동안 특별히 뭘 하지는 않았지만, 오랜만에 쉬어서 그런지 심적으로는 그 어느 때보다도 평온했다. 그리고 고민 끝에 이 평온한 상태를 유지하기 위해서 잠시 쉬기로 결정했다. 아무것도 하지 않아도, 돈을 벌지 않아도, 사람들을 만나지 않아도 나는 괜찮았다. 간만에 돈을 벌어야 한다는 책임감으로부터 벗어났고, 빡빡한 회사 스케줄로부터 더 이상 쫓기지 않아도 됐다. 모든 게 리셋된 기분이었다. 예정대로 새로운 회사로 출근을 했더라면, 15년 커리어에서 가장 많은 연봉과 권한을 받았을 거다. 그렇게 '조건'만 보면 그 회사는 꽤나 괜찮은 게 분명했다. 그런데 나에게 중요한 건 그런 '조건'이 아니라 내 마음속 진짜 이야기였다. 내가 깔고 앉을 그 '조건'에 대한 값을 하기 위해 지금까지 어렵게 만들어 온 내 삶의 균형이 무너질 건 자명한 일이었다. 출근 날짜가 다가올수록 마음속에서 누군가 작게 소곤대던 이야기는 점차 마음의 벽에 부딪히고 부딪히면서 큰 메아리가 되어 내 안을 가득 채웠다. 잘못된 선택을 하고 싶지 않았다. 내가 바라는 일이 아니었다. 가고 싶지 않았고, 조금 돌아가더라도 쉬어 가는 게 맞겠다 싶었다.

입사 포기(더 솔직하게는 그 매력적인 연봉과 조건)를 고민하던 차에 친한 친구 몇 명에게 이런 내 마음을 털어놨다. 솔직히 누군가 내 이런 마음을 이해하고 응원해줬으면 하는 바람이 컸다. 잘했어! 응원할게! 멋지다! 이런 이야기 한마디만 들으면 그 좋은 조건들을 미련 없이 포기할 수 있을 것 같았다. 하지만 대부분의 친구는 내 바람과 다르게 너무 현실적이었다.

(나) "나 솔직히 조금 고민된다. 잠시 쉬려니깐 어렵게 협상해놓은 연봉이 아쉽기도 하고."

(친구) "야, 뭘 고민해. 배가 쳐 불렀구나. 너는 가장이야 인마. 가장으로써 책임은 하면서 다른 길을 조금씩 찾아봐야지. 누가 보면 이 시국에 진짜 미쳤다고 하겠다."

(나) "나도 알지. 근데 나는 지금 변화가 절실하고 그래서 고민할 시간이 좀 필요해."

(친구) "그렇다고 회사 안 다니면서 딱히 뭘 해야겠다는 계획도 없다면서? 웃기는 소리 말고 일단은 앞에 있는 일부터 하면서 뭘 찾더라도 찾아. 그게 답이야."

제일 친한 친구 중 하나가 나에게 했던 말이다. 친구들은 열이면 열 비슷한 조언을 해주었다. 애 둘을 키우는 아빠가 회사를 그만두는 게 얼마나 무모하고 무책임한 건지에 대한 비난과 걱정뿐이었다. 근데, 남들이 하지 말라면 꼭 하고야 마는 그런 말 안 듣는 애들 중 하나가 나인 걸 어쩌겠나. 모두가 하지 말라고만 하니까 더 그만두고 싶었다. 지금까지 어떤 선택을 하고 나서 후회해본 적이 거의 없었기 때문에 나를 믿고 이번에도 일단 저지르기로 했다. 바로 인사 담당자에게 최대한 정중하게 입사 포기 메일을 보내고 확인 사살을 위해 전화를 했다.

(나) "안녕하세요. 이번에 입사하기로 한 ○○○입니다."

(인사 담당자) "팀장님, 안녕하세요. 안 그래도 방금 보내주신 메일 받았습니다. 혹시 무슨 일 있으세요?"

(나) "딱히 특별한 일이 있는 건 아닌데요. 제 커리어와 미래에 대해서 고민하다가 잠시 쉬어가는 시간이 필요하다는 생각이 들어서 그렇게 결정하게 되었네요. 개인적으로도 매우 아쉽고 죄송합니다."

(인사 담당자) "별말씀을요. 함께 일하지 못하게 되어서 저희도 아쉽네요. 쉽지 않으셨을 텐데 그렇게 결정하신 팀장님의 용기가 매우 부럽네요. 팀장님 의사는 보고 드리고 내부적으로 잘 처리하겠습니다. 멋진 결정 응원합니다."

친구들도 안 해준 응원을 뜻밖에 입사를 포기한 회사의 인사 담당자에게서 듣고 나니 기분이 참 묘했다. 한편으로는 내 결정에 대해 아쉬움과 미련을 한 번에 떨쳐버릴 수 있는 순간이었다. 마흔 살에 숨 한 번 고르고 간다고 세상이 무너지거나, 매달 통장에 찍히는 몇백만 원의 월급이 없다 한들 당장 손가락을 빨거나 굶어 죽을 일은 없다. 그렇다고 소속되어 있는 적(籍)이 없다고 해서 불안해할 내가 아니라는 것도 알고 있다. 그냥 그런 결정을 하는 시점에 누군가의 응원이 필요했을 뿐이다. 이미 마음속에서는 어떤 선택을 할지 너무나 명확하게 정해놓고 있었다.

그동안 회사 생활을 하면서 나는 그런 불확실성에 대한 내성을 키워왔다. 회사 생활이 어느 순간 단절되더라도 나에게는 그 시간과 상황을 담담하게 버텨낼 깡다구가 있다는 말이다. 그 깡다구는 삼십 대 중반부터 벌려놓은 수많은 일탈 때문이다. 일탈이라고 해서 어디 밖에 몰래 나가서 나쁜 짓을 하고 다녔다는 말은 아니다. 일탈(逸脫: 사회적인 규범으로부터 벗어나는 일)이라는 단어가 일반적으로 부정적인 의미로 쓰이기는 하나, 여기서 내가 말하는 일탈이란 '일을 탈출한다.'라는 뜻이다. 방 탈출도 아니고 일을 탈출한다니? 도대체 무슨 말인가 싶겠지만, 나는 사회생활의 의미를 회사의 일에서 찾던 과거의 행태를 버리고 회사 밖에서 새로운 일을 찾음으로써 내 삶에 숨을 불어넣었다. 십여 년이 넘는 회사 생활로 지치고 시들어가던 나의 삶과 열정이 일탈을 통해서 다시 온전히 살아났다. 아니, 오히려 그전보다 더 생기로 가득 채워졌다. 회사 안에서 일로 고갈되는 에너지를 회사 밖에서 일탈로 채워가며 지치지 않고 천천히 걸어왔다. 시간을 쪼개고 의지를 가지고 끊임없이 새로운 일탈 거리를 찾아다녔다. 신문을 보면서도, 인터넷을 하면서도, 사람을 만나면서도, 혹시나 해볼 만한 새로운 일들이 없을까 늘 두리번거리며 고민하고 생각했다. 처음에는 목적을 가지고 일탈 거리를 찾았던 생각과 행동은 어느새 습관이 되었고, 이 시간은 점차 나에게 치유의 기회이자 갱생의 시간이 되었다. 간혹 일탈의 결과가 좋지 않더라도 그 자체로도 나에게는 충분한 의미가 있었다. 이런 시간 덕에 나는 회사 생활에서 일에 대한 의미를 다시 세울 수 있었고, 나아가서는 그 일이 아니더라도 충분히 삶을 채워나갈 수 있다는 자신감을 가지게 되었다.

며칠 전에 제주도에 있는 사촌 누나네 아이들과 함께 놀러 다녀왔다. 나보다 8살 많은 사촌 누나는 치열한 삶의 터널을 이제 막 빠져나와 본인의 템포와 방법으로 삶에 의미를 부여하며 즐겁게 살고 있었다. 이런 저런 이야기를 나눈 뒤 자연스럽게 최근에 내가 회사를 그만두게 된 이야기가 나왔고, 앞으로 남은 인생을 어떻게 살고 싶은가 라는 심오한 주제까지 가게 되었다.

"나는 마흔 살이 될 때까지 너무 평범하게 살았어. 늘 가족과 주변 사람들의 기대에 부응하려고 의식하며 살았거든. 물론 그 덕에 지금 이렇게 자리도 잡고 인생에서 큰 굴곡 없이 살 수 있었을 거야. 그걸 부인하거나 회피하는 건 아니야. 그게 지금까지 날 성장하게 한 원동력이었으니깐. 하지만 인생의 반을 그렇게 살았으니, 앞으로는 반대로 살아볼 생각이야. 눈치 보지 않고 내가 하고 싶은 게 있으면 망설이지 않고 하면서 살아보려고. 지금까지 그렇게 살 수 없었던 건 사람들의 시선 때문이었어. 이렇게 하면 사람들이 나를 어떻게 볼까? 이런 생각들이 내 행동을 옭아맸던 거 같아. 앞으로 눈치 보지 않고 살 거야."

진짜다. 나는 그렇게 살아가려고 인생의 방향을 정했다. 그리고 일탈을 통해서 하나씩 도전하고 경험하고 있다. 세상의 걱정을 다 짊어지고 있을 내 또래의 마흔 살들에게 일탈을 추천한다. 회사에서 일의 의미가 예전과는 많이 다르다고 느껴지거나 일이 더 이상 나의 든든한 뒷배가 되지 못한다고 느껴진다면, 일탈이 필요한 시기다. 내가 지금까지 해왔던 일탈을 정리해보니, 크게 3가지 정도로 구분할 수 있었다. 기분 전환도 되고 돈이 되는 일탈, 아이들과 함께할 수 있는 일탈, 그리고 지금까지 눈치 보느라 못 했지만 이제는 할 수 있는 일탈이다. 나의 일탈 프로젝트를 통해서 누군가가 미래를 준비하는 데 작은 용기를 얻었으면 좋겠다. 어떤 가사처럼 알 수 없는 내일이 있다는 건 설레는 일이다. 그리고 그런 설레는 일을 만드는 건 결국 나만 할 수 있는 일이다.

2020년 5월 26일 / 비 오는 날 동네 카페에서

새로운 회사에 출근 5일 남겨두고 보냈던 입사 포기 메일

차례

PART

04

남들 눈치 안 보고
혼자 할 수 있는 일탈

PART
01

일탈을 위한

4가지 마음가짐

01

회사에서 주인의식부터 버려라

"자신이 노예라는 걸 알고 노예의 생활에서 잠깐 비비적거리면서 자유를 꿈꿀 수 있는 희망이 있는 노예와 회사에서 일할 때가 제일 좋다는 노예는 완전히 달라요. 후자는 구원의 희망마저 없어요. (중략) 회사에서 여러분의 에너지를 다 쓰지 마세요. 주인의 일에 에너지를 모두 쓰지 말아요. 회사에서 에너지를 쓰면 여러분이 원하는 일을 찾을 시간과 할 수 있는 시간이 허락되지 않아요. 그러니깐 직장 다니시는 분들, 반드시 해야 될 일이 뭔지 아시겠죠? 회사에서 에너지를 충전하는 겁니다. 일이 잘 끝나고 나서 그 모든 에너지를 가족과 함께, 사랑하는 사람과 함께 보내는 거예요."

강신주 작가의 《다 상담》이라는 책에 나온 이야기다. 나는 강신주 작가의 의견에 백 프로 아니 만 프로 공감한다. 우리는 너무나 당연하게 회사에서 주인의식을 가지고 회사를 위해 헌신하도록 강요받는다. 회사의 직간

접적인 강요도 강요지만, 세상 물정 모르는 신입 사원이나 딱히 다른 대안이 없는 대다수의 직장인은 비상식적인 일인 줄 알면서도 받아들이고 수긍한다. 왜냐하면 누구 하나 그것이 잘못되었다고 말해주지 않을뿐더러 다른 길도 있다고 친절하게 알려주지 않기 때문이다. 간혹 이런 회사의 강요가 잘못된 건 아닐까 하는 생각이 들어도 나 혼자 튀는 행동을 하기 쉽지 않다. 모두가 최면이라도 걸린 듯 '회사의 주인처럼 행동하라!'라는 기치(旗幟) 아래 앞만 보고 달려가는 상황에서, "저는 앞으로만 가기 싫습니다. 힘들 때는 좀 걷고, 더 힘들면 쉬면서 가고 싶습니다."라고 누가 용감하게 이야기 할 수 있을까. **회피는 늘 용기 앞에 서 있다.** 손가락질받을까 봐 무섭고, 집단으로부터 따돌림을 당하거나 회사로부터 불이익을 받을까 봐 두렵다. 이런 환경 속에서 생각과 동일한 맥락의 행동을 할 수 있는 사람은 많지 않다. 내 의지와 다른 상황적 판단을 하는 것을 '상황의 힘'이라고 한다. 사람은 누구나 상황적 판단을 하지 않으면 본능적으로 소외될 것임을 알고 있다. 소외감은 심각한 정신적, 육체적 고통을 동반한다. 이런 이유로 소외감과 관련된 다양한 사회적 문제가 발생한다. 회사라고 다르지 않다. 회사와 구성원은 개인의 튀는 행동을 대체로 용납하지 않는다. 잔잔한 물가에 던져진 돌멩이는 빨리 건져 내거나 더 깊은 곳으로 빨리 가라앉길 원한다.

여기 회사에 갓 입사한 신입 사원이 있다. 이 신입 사원은 어렵게 취업이라는 관문을 뚫고 번듯한 사원증을 목에 걸었다. 목에 걸려있는 사원증이 나중에 내 목을 조이는 진짜 목줄이 될 줄도 모른 채, 그동안의 고생에 대한 보상이라는 생각에 자랑하고 싶은 마음이 가득하다. 취업에 성공했기에 친구들을 만나도 당당하다. 회사의 후광에 힘입어 때깔 좋은 직장인이 되었다는 생각에 으쓱하다. 명함에 새겨진 회사와 내 이름만 봐도 그렇게 뿌듯할 수가 없다. 회사가 곧 나고, 내가 곧 회사다. 점차 애사심이라는 것이 생겨나고, 회사로부터 인정받기 위해 내 시간을 가져다 바친다. 성과에 따른 연봉 인상도 되고, 동기들보다 빠르게 진급도 했다. 노력한 만큼 회사에서 인정받고 있다는 생각에 기분이 좋아져서 더 가열차게 달리게 된다. 내가 없으면 회사가 안 돌아갈 것만 같은 심각한 자기최면에 걸린다. 하지만 어느 순간 나의 역할을 대신할 누군가(혹은 대안)가 생기면서 나에 대한 평가는 과거와 같지 않다. 실망하는 것도 잠시, 조금만 더 하면 과거의 영광을 찾을 수 있다는 생각에 스스로 더 할 수 있다고 채근하고 몰아붙인다. 직장 생활을 하는 나와 우리의 모습이다. 쉼 없이 달릴 수 있다고 생각하는 건 대단히 큰 착각이다. 이런 생각을 가지고 있다면 '희망이 없는 노예'와 다를 바가 없다. 빨리 착각 속에서 기어 나와야 그나마 남은 희망을 찾을 수 있다. 한없이 달릴 수 있는 사람은 없다. 기계처럼 사람의 에너지는 한정적이고, 고갈되지 않도록 끊임없이 채워야 한다. 과열된 엔진을 식힐 시간이 필요하고, 삐걱거리는 부속품에 기름칠도 해야 한다. 그래야 오래 달릴 수 있다. 불에 뛰어드는 불나방처럼 회사에서 나를 태워버리고 싶지 않다면 지금이라도 생각을 고쳐먹을 필요가 있다. **나와 회사는 결코 같은 선상에 설 수가 없다.**

우리는 왜 이런 노예의 삶을 살게 되는 것일까? 그 이유는 바로 앞서 말한 주인의식에 있다. 조금 더 시쳇말로 표현하면 '회사뽕'이다. 회사는 늘 당근과 채찍을 들고 있다. 당근을 먹지 못하면 배고플 것 같고, 채찍질을 당하면 아플 것 같다. 그래서 우리는 채찍질보다는 당근이 더 낫겠다는 생각을 하지만, 사실 회사 입장에서는 당근이든 채찍이든 그것이 중요한 게 아니다. 회사는 그저 우리가 쉬지 않고 최대한 멀리, 남들보다 빠르게 달려가길 원할 뿐이다. 내가 신입 사원이던 시절, 회사 연수원에서 회사의 역사와 애사심의 필요성에 대해 교육받았다. 며칠 동안 연수원에 갇혀서 같은 옷을 입고 앉아있는 우리들을 대상으로 선배들은 날을 새가며 정신 교육을 하기에 바빴고, 나 역시 동기들처럼 당연하게 그것들을 암기하고 체화(體化)시키는 과정을 반복했다. 지금 돌이켜보면, 당시에 각 계열사에서 차출되어 온 선배들은 하나같이 회사 생활에서 주인의식을 가지고 있으면 어떠한 상황이 닥쳐도 올바른 판단을 할 수 있으며, 결과에 따라 큰 보람과 성취감을 느낄 수 있다는 조금씩 다르지만 결국엔 같은 이야기를 반복했다. 그 이후로 15여 년의 사회생활을 하는 동안에도 이 주인의식에 대해서는 끊임없이 들었다.

하지만 언젠가부터 점차 회사 생활에 지쳐가면서 주인의식에 대한 의구심이 들기 시작했다. 회사는 나를 주인으로 대하는가? 나는 왜 몸도 마음도 다 바쳐서 충성을 다하는가? 무언가 잘못되었다고 느꼈다. 내가 회사의 주인이라면 조직과 나 사이의 균형이 얼추 맞아야 할 텐데 너무 한쪽으로 기울어져 있었다. 체급이 전혀 맞지 않는 어른과 아이가 시소를 타고 있는 모양새와 다름이 없었다. 체급이 안 맞으니 시소가 오르락내리락할 수 없는 건 너무나 당연한 일이었다. 공중에 떠 있는 시소 위에 앉아서 항상 위태하게 일방적으로 강요당하고 있고, 일방적으로 평가받고 있었다. 내가 착각하고 있다고 느끼기 시작했다. 내가 회사의 주인이 아닌데 회사는 왜 나한테 주인의식을 가지길 바라지? 주인이길 바라면서 주인에 맞는 대우를 해준 적이 있던가? 그 뒤로 나는 생각을 고쳐먹었다. **'직원은 직원의식만 있으면 된다. 주인의식은 주인이 가져라.**'라는 지극히 상식적이고 당연한 문구를 마음에 새겼다. 직원은 더도 덜도 말고 직원의식만 가지고 있으면 된다. 내가 받는 보수와 처우만큼만 회사 생활에서 결과로 증명하면 내 값을 다하는 것이라고 생각한다. 회사도 나한테 딱 그만큼 기대했으니, 그에 맞는 보수와 혜택을 제공하는 것일 테다. 물론, 그 기대치에 준하는 결과를 내지 못하고 월급만 축내는 월급 루팡(회사에서 하는 일 없이 월급만 축내는 직원을 일컫는 말)도 어느 조직에 가든지 꽤 많긴 하다.

다시 말하지만 직원은 직원일 뿐 절대 회사의 주인이 될 수 없다. 애초에 동일 선상에서 비교하는 것 자체가 잘못되었다. 하나 예를 들어보자. 내가 과거에 몸담았던 회사의 대표 역시 매주 주간 회의 시간마다 주인의식을 강조했다. 주인의식만 제대로 가지고 있으면 대표의 마음을 읽을 수 있고, 대표처럼 멀리 보고 정확한 판단을 할 수 있다고 말이다. 근데, 정작 현실은 회사를 그토록 사랑하고 주인의식으로 가득 차 있는 몇몇 선후배 동료조차 보고하러 들어가기만 하면 물먹고 나오기 일쑤였다. 왜 그럴까? 그 이유는 주인과 비슷한 의식을 가지고, 주인처럼 생각하고 판단하려고 해봐도, 결국엔 주인처럼 결정할 수 있는 아무런 권한이 없기 때문이다. 허구한 날 회사에서 회사의 주인이 되라고 강조하고 교육해도 그건 허상이고 난센스다. 회사 생활에서 직원은 직원일 수밖에 없다. 그렇게 보면, 회사의 교육 커리큘럼도 이렇게 바뀌어야 하는 것이 아닐까 싶다. 직원이란, 직원의 역량, 직원의식, 직원의 의무와 권한 등과 같이 말이다. 그렇다고 내가 일이 가지고 있는 본연의 숭고함과 의미를 폄하하는 것이 아니니 오해하지는 말자.

일탈을 위한 첫 번째 마음가짐은 회사에서 주인의식을 버리는 것이다. 주인의식을 버리면 많은 것이 보이고, 많은 것을 할 수 있다. 내가 보이고, 가족이 보이고, 친구가 보이고, 세상이 보이고, 무엇보다 내가 하고 싶은 것들이 보이기 시작한다. 내가 그랬다. 회사에 대한 기대치를 많이 내려놓고 내 시간과 에너지를 조절해가며 사용했더니, 새로운 세상이 보이기 시작했다. 가족들과 보내는 시간이 점차 많아지면서 아이들과 함께하는 시간으로 행복의 에너지가 채워졌고, 하고 싶은 것들이 하나씩 생기면서 새로운 의지의 에너지가 채워졌다. 회사 밖에서 그런 에너지가 채워지면서 회사 생활도 바뀌기 시작했다. 집착이 줄어들고 어떤 상황 앞에서든 의연해졌다. 인사 고과, 연봉 인상, 승진 등 많은 심판대 위에서도 나는 흔들리지 않았다. '왜 인사 고과를 B밖에 못 받았지?', '왜 연봉이 이것밖에 안 올랐지?', '왜 이번에 승진이 안 됐지?' 등 집착에 기인한 부정적인 생각들을 떨

구고 나니 회사 생활이 편해지기 시작했다. 그런 의미 없는 집착과 생각을 할 시간에 '뭐 재미난 일이 없을까?', '오늘은 애들이랑 뭐 하고 놀까?', '이런 거 해보면 돈을 벌 수 있을까?'와 같은 즐겁고 긍정적인 생각들이 머릿속에 가득 찼다.

회사에서는 내가 쓸 수 있는 에너지의 일부만 쓰면 된다. 놀고먹는 월급 루팡이 되라는 이야기가 아니다. 너무 과하지 않도록, 내가 다른 곳에서 에너지를 쓸 수 있도록, 회사에서 나에게 기대하는 값만큼만 하라는 이야기다. 딱 그 정도만 말이다. '원효대사의 해골 물'이 이럴 때 쓰는 표현인가 싶다. 마음먹기에 따라 전혀 다른 세상이 펼쳐진다. 그 다른 세상에서 내가 하고 싶은 것들을 찾으면 된다. 긍정적인 사람은 한계가 없고, 부정적인 사람은 한 게 없다는 말이 있다. 다른 말로 바꿔보면 **'일에 대한 집착을 버린 사람은 한계가 없고, 일만 한 사람은 일밖에 한 게 없다.'**라고 이야기할 수 있다. 회사에서 주인의식을 버리면 긍정의 마인드가 생기고 의지가 생긴다. 그 의지는 우리를 많은 것을 할 수 있는 사람으로 이끈다. 내가 일 '만' 했던 사람이 되고 싶은지, 아니면 일'도' 했던 사람이 되고 싶은지 생각해보면 답은 너무나 쉽다.

02

빨리 잊을 수만 있다면, 남들과 비교해도 괜찮다

나는 15년 차 마케터다. 마케터라고 하면 멋진 마케팅 캠페인을 기획하고 유명한 연예인들과 CF도 찍으며 다양한 분야의 사람과 만나는 트렌디한 이미지가 있다 보니, 많은 취업준비생이 마케터가 되고자 한다. 하지만 정작 업계 마케팅 팀장 모임에 가면 빠지지 않고 입에 오르는 이야기가 있다. 바로 불확실한 마케터의 미래에 관한 것이다. 한동안 같은 업계에 있던 선배가 회사 생활을 정리하고 새롭게 오픈한 음식점이 잘 된다는 이야기는 우리들의 큰 관심사였다.

(A 팀장) "그 선배 이야기 들었지? 새로 오픈한 음식점이 그렇게 잘된대. 솔직히 부럽더라."

(B 팀장) "그러니까, 맨날 하는 이야기지만 우리는 실체가 없잖아. 자격증이 있는 것도 아니고, 자동차 정비 같은 기술이 필요한

것도 아니고. 솔직히 우리 말빨이랑 글빨로 먹고사는 거잖
아. 밑천 드러나기 전에 빨리 그만두고 기술이라도 배워야
하는 거 아니야?"

(C 팀장) "누가 그걸 모르나. 뭐 좋은 아이템 없어? 아는 거 있으면
좀 풀어봐."

우리의 대화는 늘 업계 이슈들을 빠르게 훑고, 어떻게 하면 업계를 빨리
떠날 수 있을지 불안한 미래와 관련된 주제에서 한참을 머문다. 누군가 이
런 이야기를 꺼낼 때마다 나도 크게 공감하며 어떤 자격증이 유망하다더
라, 어떤 기술을 배우면 돈을 잘 번다더라 등 습자지 같은 얇은 지식을 쏟
아내고는 했다. 지금 와서 생각해보면 그때의 나는 내가 늘 부족하고 준비
되어 있지 않다고 생각했다. 남들이 부러워할 만한 커리어를 쌓아왔고, 넉
넉하진 않지만 그렇다고 부족하지도 않았던 급여 생활자인 나는 만족하지
않고 끊임없이 누군가와 늘 비교했다. '쟤는 나보다 일을 못하는데, 벌써
팀장이 됐네. 난 그동안 뭘 한 거지.', '저 선배는 회사 그만두고 사업한다
더니 잘 나가나 보네. 나도 사업이나 해볼까.'와 같은 뻔한 레퍼토리지만,
현실에서 막상 마주했을 때 아무렇지 않게 외면할 수 없는 다양한 캐릭터
들 사이에서 늘 심적으로 부대꼈다. 이렇게 타인과의 비교는 나를 성장시
키는 촉진제가 될 때도 있었지만 대체로 늘 나를 초조하게 만들었다.

수년 전, 한창 회사에서 일에 대한 스트레스가 정점을 찍고 있을 때쯤

오랜만에 친한 선배에게서 연락이 왔다. SNS를 통해서 소식은 서로 알고 있었지만, 실제로 보는 건 오랜만이었다.

(나) "형, 잘 지냈죠? 요즘 사업한다더니 SNS에 올라오는 사진만 보면 맨날 노는 거 같아요."

(형) "야, 원래 사업이란 게 놀면서 새로운 기회를 찾는 거야. 그나저나 너 요즘 강남 쪽에 있다면서? 이 근처에 왔다가 생각나서 전화했어. 시간 되면 커피나 한잔하자."

(나) "아 근처에요? 지금 내려갈게요."

(잠시 뒤)

(형) "형이 회사 나와 보니깐 직장인들이 제일 불쌍해. 얼마 되지도 않는 월급에 목메고 스트레스받고. 생각만 해도 끔찍하다."

(나) "그래도 다들 대안이 없으니까 가장 안정적인 직장인으로 사는 거죠, 뭐. 하하."

(형) "근데 너 뭐 좀 준비하고 있는 거야?"

(나) "네? 뭘 준비해요?"

(형) "이 자식 아무 생각도 없고만. 너 회사에서 지금 팀장이라며? 너 천년만년 그 자리에 있을 줄 알아? 빨리 뭐라도 준비해놔야 나중에 먹고살 거 아니야."

(나) "그거야 저도 알죠. 그래서 이런저런 고민은 엄청 하고 있어요…"

개인적으로나 인간적으로나 참 좋아하는 선배였기에 모처럼 얼굴을 볼 수 있다는 생각에 기분이 좋았다. 하지만 정작 그 선배와 헤어진 이후 내 머릿속은 너무 복잡했다. 이때부터 나의 관심은 그 형의 안부나 우리의 오래된 추억팔이가 아니었다. 나의 관심은 오로지 선배가 어떻게 사업을 해서 성공했는지와 얼마나 많은 돈을 버는지 뿐이었다. 직장 생활을 하면서 꼴랑 몇백 벌고 있는 내가 초라해보였다. 생각해보니 오래전 그 선배가 직장 생활을 할 때 선배 회사에서 커피를 마신 적이 있었는데, 선배가 딱 지금 나 정도의 직급과 연차의 팀장이었던 것 같다. '그때는 그냥 평범한 직장인이었던 것 같은데, 불과 몇 년 만에 이렇게 달라졌다고?' 당장 뭔가를 해야 할 것 같은 조급함이 나를 계속 닦달했다. 그 뒤로 한동안 사업만이 이 불안한 미래의 불구덩이에서 나를 꺼내 풍요로움으로 인도할 메시아라고 생각했다. 좋은 아이템만 찾으면 한 방에 미래에 대한 걱정을 날려버릴 수 있을 것 같았다. 근데 사업이 동네 지나가는 개 이름도 아니고, 이런 막연한 생각만으로는 아무것도 할 수 없다는 걸 깨닫는 데 오래 걸리지 않았다. 선배의 의도하지 않은 펌프질로부터 시작된 생각과 현실의 괴리감은 한동안 나를 너무나 괴롭게 만들었다. 나는 충분히 할 수 있을 거 같은데, 현실이 뒷받침되지 않아서 못한다며 핑곗거리를 찾기에 바빴고, 그렇게 반복되는 생각들이 나를 더욱 작고 초라하게 만들었다.

　타인과의 비교는 우발적이고 검증되지 않은 선택을 하게 만들고, 그런 선택은 자존감을 떨어뜨린다. 깜냥도 안 되면서 무모하게 덤비는 격이다.

남들과의 비교는 우리를 감정적으로 피폐하게 만들고 부정적인 생각을 채워 넣는다. 많은 자기계발서에서 "남과 비교하지 말고, 어제의 나와 비교하라."라고 하는데, 내공을 수년간 다져왔다고 생각했는데도 여전히 쉽지 않다.

본격적으로 일탈을 하기로 마음먹었다면, 이런 타인과의 비교에서 시작되는 우발적인 선택을 하지 않아야 한다. 우발적인 선택은 진짜 내가 즐길 수 있는 일탈이 아닐 가능성이 크기 때문이다. 일탈의 목적이 회사 밖에서 에너지를 채우기 위함인데, 이런 선택은 오히려 에너지를 고갈시킨다. 타인과의 비교는 성인군자라 하더라도 막기가 쉽지 않을 것이다. 그럼 도대체 어떻게 해야 남들과 비교하지 않을 수 있을까. 냉정하게 당장 눈앞에 차이가 보이는데 그게 무엇이든지 간에 비교하지 않을 수는 없다. 그래서 나는 일단 비교와 차이를 인정하고 받아들인다. 다만, 그 이후에 그 비교와 차이를 빨리 잊으려 나만의 방식으로 노력한다. 그 방식은 머릿속에 가상의 '삭제 버튼'을 만드는 것이다.

타인과의 비교를 통해 자멸하는 악순환의 고리는 4단계로 이루어진다.

1단계가 '비교'다.

일단 내가 경험하지 못한 것에 대한 환상이 나를 들쑤신다. 해보지 않았으니 무엇이 좋고 무엇이 나쁜지 분간이 잘 안 된다. 논리도 맥락도 없다. 그냥 무조건 내 것보다 남의 것이 크고 좋아 보인다. 비교하기 시작하면 끝도 없다.

2단계는 '조급'이다.

지금 바로 시작하거나 가지지 않으면 이 기회를 놓칠 것만 같고, 하루라도 빨리 시작할 수만 있다면 남들처럼 될 수 있을 것 같은 착각에 빠진다. 당장 내 수중에 버스표 살 돈밖에 없는데, 마음은 제트기를 어떻게든 타고 빨리 날아가고 싶은 조급함에 사로잡힌다.

3단계는 조급함이 만든 '악수(惡手)'다.

충분한 고민과 생각 없이 일단 잘못된 선택을 하게 되는 것이다. 바둑에서 괜히 수를 읽는 시간을 주는 게 아니다. 여유를 가지고 안팎의 상황을 먼저 파악한 후에 올바른 수를 두라는 것이다. 조급함은 늘 엉뚱한 곳에 수를 놓게 만든다.

마지막 4단계는 '자학'이다.

막상 아무것도 하지 못하거나 뜻대로 되지 않는다면 나의 부족함만 보게 되고 불행하다고 느끼기 시작한다. 그때 내가 왜 그랬을까? 시간이 지나서 돌아보면 과거의 나를 나도 이해할 수가 없다. 신세 한탄과 자책에 빠지면 무기력해지고 자존감이 낮아진다.

나는 4단계 악순환의 고리에서 1단계 '비교'와 2단계 '조급' 사이에 작은 '삭제 버튼'을 하나 만들었다. 머릿속에 뭘 만든다는 건 다른 말로 내가 의식하고 있다는 것이다. 즉, 나는 남들과의 비교는 비교대로 인정하면서도 그 차이를 나의 부족함과 동일시하지 않고 충분히 객관화하려고 계속 의식한다. 이렇게 객관화하는 시간을 조금 가져보면 우발적인 선택을 하지 않고 그 차이를 인정해 지워버릴 수 있게 된다. 이런 의식의 흐름을 인위적으로 바꾸는 건 생각하기에 따라 어렵다면 어렵고, 쉽다면 쉽다. "무슨 말 같지도 않은 소리야."라고 할 수도 있겠지만, 해보지 않고 안 된다고 하기엔 돈이 들어가는 것도 아니고 어려운 일도 아니니 한 번쯤 시도해보길 바란다. 경험상 이런 생각의 과정이 비교와 자학의 연결고리를 끊는 데 큰 도움이 된다.

나는 틈틈이 기회가 있을 때마다 취업 강의를 나가고 있는데, 강의를 하다 보면 늘 빠지지 않는 질문이 있다. 이런 질문에 대한 나의 답은 늘 똑같다.

(학생) "저는 준비한 게 없는데 일단 남들처럼 자격증, 토익 점수, 대외 활동 모두 준비해야 할까요?"

(나) "남들 모두 다 가지고 있는 그런 스펙보다 중요한건 나만의 스토리야. 남들이 아닌 내 이야기를 만드는 게 나를 눈에 띄게 만드는 경쟁력이 될 거야."

경험상, 남들 다 가지고 있는 천편일률적인 스펙이 아니라 남들과 다른 나만의 이야기가 서류 심사나 면접에서 더 눈에 띌 가능성이 높다. 스토리가 가진 힘이다. 스토리는 나를 입체적으로 보이게 만들어준다. 또 남들이 나에 대해서 궁금하게 만드는 마중물이 되기도 한다. 회사 밖에서 즐거운 일탈을 하기 위해서도 나만의 스토리를 만드는 것이 중요하다. 남들이 부러워서, 멋져 보여서, 돈을 많이 버는 것 같아서 쫓아가는 스토리를 만들면 안 된다. 그건 내 이야기가 아니다. 먼저 내가 어떤 사람인지, 내가 무엇에 관심이 있는지, 또 어떤 것을 좋아하는지 알아야 한다. 나를 알게 되면 내가 하고 싶은 일이 무엇인지 찾을 수 있게 된다. 내가 선택한 그 일들을 하나씩 해나가다 보면, 전체적인 흐름이 생겨나고 그게 남들과는 다른 나만의 이야기가 된다.

가벼운 1g의 용기가
일탈의 불씨가 된다

예전 회사에서 팀장으로 재직하고 있을 당시(한창 일탈을 즐기던 시기) 나는 회사 창사 이래 처음으로 '육아'를 이유로 탄력 근무를 사용했던 남자 직원이었다. 수백 명의 직원 중 여직원 포함해서 다섯 명도 안 되는 탄력 근무 사용자 중 한 명이었을 정도로 당시 조직문화 관점에서 나의 탄력 근무는 매우 파격적인 일이었다. 남들보다 2시간 빨리 출근하고 2시간 빨리 퇴근(4시 퇴근)하는 나를 모두가 주목하고 있었기에 세간의 관심을 받는 게 처음에는 솔직히 좀 부담스러웠다. 하지만 시간이 좀 지나고 나서 사람들의 관심이 남들보다 2시간 일찍 퇴근하는 나를 시기해서라기보다는 부러워서 그런 것이라는 걸 알게 되었다. 그 뒤로 시간이 많이 흘렀고 이제는 꽤 많은 사람이 수시로 탄력 근무를 사용하고 있으며, 가끔씩 나의 선구자적인 행동이 회자된다는 걸 들을 때면 참 뿌듯하다. 요즘은 사회 전반적인 분위기도 그렇고 직장인들의 의식도 많이 바뀌어서 다양한 사유로 탄력 근무제를 폭넓게 운용하는 회사가 많다. 하지만 당시에는 그런 사회적 분위기가 태동하는 초기였기 때문에 대부분의 사람들에게 탄력 근무제는 특수한 상황에 놓인 특별한 사람만 회사에 각별한 양해를 구하고 사용할 수 있는 극히 제한적인 제도라는 인식이 팽배했다. 탄력 근무를 쓰면 회사에 찍혀서 오래 다닐 수가 없다거나, 인사 고과에 알게 모르게 반영될 거라는 등 말이 많았다. 근데, 나는 어떻게 그런 상황 속에서 탄력 근무를 할 수 있었을까? 답은 아주 간단하다. 나는 용기가 있었다. 한창 일이 아닌 일탈을 통해 회사 안팎에서 즐거움과 에너지 그리고 자신감을 키우고 있었기 때문에, 하고 싶은 일이 있을 때 망설이지 않고 시작할 수 있는 용기가 있었다.

일이 많아서 그 당시 나는 회사에 1~2시간 정도 빨리 출근하는 편이었다. 사람들이 출근하기 전에 누구에게도 방해받지 않고 업무에 집중했을 때, 그날 해야 하는 일의 상당 부분을 처리할 수 있었기 때문이다. 그렇게 해놓으면 오후에 급한 일이 생기지 않는 이상 무리 없이 칼퇴를 할 수 있었다. 한창 아이들과 보내는 시간에서 큰 행복을 느끼고 있던 터라 칼퇴는 반드시 지켜야 하는 나와의 약속이었다. 칼퇴를 하고 집에 가더라도 빨라야 7시인데 아이들의 취침 시간이 9시임을 감안하면 아이들과 보내는 시간이 턱없이 부족해 늘 아쉬움이 있었다. 그러던 중 육아 휴직을 끝내고 회사로 복직하는 와이프와 육아 분담에 대해서 계속 상의하게 되었다. 와이프 회사는 지연 출근이 가능해서 오전에 아이를 어린이집에 맡기고 출근하는 게 가능했는데, 오후에 아이를 찾아줄 사람이 마땅치 않았다. 근처에 장모님이 계시기는 했으나 지금까지 너무 많은 도움을 받았기에 이번만큼은 도움 없이 우리끼리 육아를 하자는 데 뜻을 모았다. 자연스럽게 오후에 어떻게 든 내가 아이를 찾아야만 했고, 고민 끝에 어차피 지금도 일찍 출근하고 있 으니 일을 빨리 끝내고 퇴근할 수 있는 탄력 근무제를 사용하기로 마음먹 었다. 며칠 뒤 나의 상사를 찾아가 면담을 요청했고, 내 선택에 대한 배경 과 대안을 설명하고 결재를 받는 데 오래 걸리지 않았다. 그 뒤로 상사로부 터 알게 모르게 받은 눈치와 핀잔은 적지 않은 스트레스가 되긴 했지만, 그 럼에도 나는 꿋꿋이 내 할 일을 다 끝내고 하루도 빠짐없이 4시가 되면 뒤 도 안 돌아보고 회사를 나왔다. 밀린 일을 집에 가지고 와서 하는 일이 있 더라도, 4시 이후에는 내가 자리에 없다는 걸 사람들에게 각인시키기 위해 어떻게든 4시면 퇴근을 했다. 덕분에 나도 그렇고 동료들도 나의 탄력 근무 시간에 금방 익숙해지고 서로 배려할 수 있었다. 4시에 퇴근하면서 아이들 과 많은 시간을 보낼 수 있었고, 아이들과의 관계도 훨씬 가까워졌다. 집에 서 많은 시간을 보내면서 내 마음에도 한결 여유가 생겼다. 내가 탄력 근무 를 한다는 소식을 듣고 많은 선후배가 찾아와서 온갖 걱정을 한바탕 쏟아 냈다. 며칠 사이에 그들로부터 일 년 동안 들을 걱정을 다 들었던 것 같다.

(A 팀장) "탄력 근무 진짜야? 도대체 어떻게 설득한 거야? ○○○가 결 재를 해줬다고?"

(나) "뭘 어떻게 설득해. 그냥 결재 안 해주면 회사 그만둘 각오로 보

고했지. 농담 아니고 진짜 어린이집에서 아이를 찾을 사람이 없
어서 결재 안 해주면 그만둘 것도 고민했다니까."

(A 팀장) "탄력 근무 한다고 하니깐 뭐라고 안 해? 그 양반 성격에 눈
치 엄청 줄 거 같은데."

(나) "안 그래도 이미 충분히 눈치 주고 있어. 근데 내가 일을 안 하
는 것도 아니고 괜찮아. 근데 4시에 퇴근하면 진짜 좋다. 해 중
천에 떠 있을 때 퇴근하면 느낌이 달라. 부럽지? 하하."

(A 팀장) "진짜 대박이다. 나도 진짜 기회만 되면 해보고 싶다."

기회가 돼서 할 수 있는 게 아니라 기회를 만들어야 할 수 있다. 그리고
해보지도 않은 것들에 대해서 먼저 걱정할 필요는 없다. 그들과 나의 차이
는 아주 사소한 용기뿐이다. 두려움을 없애는 것이 용기가 아니라, 그 두려
움을 잠시 뒤로 미루는 것이 용기다. 일단 해보고 안 되면 그때 가서 다른
대안을 찾더라도 말이다. 나도 처음에는 그랬다. 막상 회사 밖에서 재미있
는 일을 찾으면 '내가 할 수 있는 일인가?', '내가 해도 되는 일인가?'라는
막막함이 꼬리에 꼬리를 물고 망설이게 만들었다. 해보고 싶기는 한데 생
각만큼 잘하지 못할 것 같고, 하더라도 생각지도 못한 변수들이 생겨서 꼬
일까 봐 두려웠다.

내 안의 용기를 꺼내는 건 연습이 필요하다. 연습이 필요하다는 건 익숙
하지 않다는 말이다. 누구나 처음부터 능수능란하게 뭐든지 잘할 수는 없
다. 서툴고, 어색하고, 어려운 '처음'이라는 시간을 반드시 겪어야 한다. 용

기가 그렇다. 처음부터 너무 커다란 용기를 필요로 하는 일을 할 필요는 없다. 작은 일일지라도 또는 누군가에게 의미가 없더라도, 해보고 싶다는 마음이 있다면 천천히 시작하면 된다. 그런 내 안의 용기를 꺼내는 경험이 쌓이면 처음에는 1g의 가벼운 용기를 꺼내기도 어려웠던 내가 10g, 1kg, 100kg의 무거운 용기도 어렵지 않게 꺼낼 수 있게 된다. 그렇게 나는 아이와 함께 작은 공모전에 응모하는 것부터 시작해서 나중에는 부동산 투자까지 할 수 있는 무게의 용기를 가지게 되었다. 내 안에 있는 다양한 무게의 용기를 마음먹은 대로 꺼낼 수 있게 되면 회사는 더 이상 나에게 스트레스를 주는 대상이 아니다. 회사는 그저 내가 해야 하는 많은 것 중 하나가 된다. 나에게는 회사의 '일' 말고도 회사 밖에서 해야 하는 또 다른 '일'이 너무 많기 때문이다. 이렇게 되면 회사에서 붙잡고 있던 의미 없는 줄들의 상당수를 손에서 놓을 수 있다. 줄을 내려놓으면 힘들고 위태롭게 매달려있지 않아도 된다. 줄을 내려놓고 땅에 두 발로 서는 순간, 줄은 더 이상 아무런 의미도 없다.

　회사에서 후배들을 만날 때마다 입버릇처럼 "행복하니?"라고 물어본다. "안녕?", "별일 없지?" 이런 상투적인 인사 대신 회사 밖 '행복'에 대해 후배들도 한 번쯤 생각해보길 바래서다. 내가 "행복하니?"라고 물으면 처음에는 어색해하고 어쩔 줄 몰라 하던 후배들도 나중에는 "행복해야죠.", "행복해지고 싶네요." 같은 진취적인 대답으로 어느새 바뀐다. 행복한 삶에 대해서 조금은 고민하고 있다는 뜻이다. 한때 나의 부사수로 함께 일했던 후배가 있었는데, 아마 나한테 하루에도 몇 번씩 행복하냐는 말을 들었을 게 분명하다. 자유분방한 성격 때문에 다소 딱딱할 수밖에 없는 회사 생활로 꽤나 힘들어했다. 아니나 다를까 그 후배는 1년 반 정도 함께 일한 뒤 회사를 떠났다. 회사를 떠나면서 그 후배가 나한테 편지를 썼는데, 이런 문구가 있었다. "항상 말씀하셨던 행복하냐는 질문에 대해 매일 고민했어요. 그래서 이제는 행복한 일을 찾아보려고요." 그 결정을 하고 말을 꺼내기까지 얼마나 많은 고민과 용기가 필요했는지 알 것 같다. 그래서 그런 결정을 한 후배를 만류하는 대신 나는 "잘 생각했다. 멋지다."라는 말로 응원해주었다. 그 후배는 지금은 본인이 하고 싶었던 일을 즐겁게 하면서 누구보다 행복하게 지내고 있다. 한 번씩 소식을 주고받을 때면, 농담으로 "내가 너의 행복을 찾아준 사람이니, 꼭 나중에 보답해."라고 이야기한다. **용기는 후회를 뒤로하고, 행복을 앞세운다.** 하고 싶은 일이 있다면 그게 무엇이든지 시작해보자. 탄력 근무를 위해 직장 상사의 책상 앞에 설 수 있는 용기, 회사 생활이 잘 맞지 않아서 그만두겠다고 말할 수 있는 용기. 용기의 무게는 각자 다 달라도 그걸 끄집어낼 수 있는 작은 의지가 커다란 행복의 씨앗이 될 게 분명하다.

그대가 할 수 있는 일, 아니면 하고 싶은 일이라도 상관없다.
그런 일이 있다면 지금 바로 시작하라.
용기는 그런 일을 능히 할 수 있게 하는 천재성과 힘, 마법을 모두 갖고 있다.

― 요한 볼프강 폰 괴테

04

≋

주제와 상황 파악은
무엇보다 먼저 되어야 한다

"난 누군가 또 여긴 어딘가 (이제)

(중략)

모든 건 생각하기에 달려있는 거야

너 그리고 나 다들 모두 마찬가지야"

1990년대 인기 그룹 듀스의 〈우리는〉이라는 노래의 가사 일부분이다. 이 노래가 발표된 지 벌써 25년이나 지났는데, 요즘 이 노래를 들으면 참 새롭게 느껴진다. 아마도 요즘 내 깜냥(그릇)에 대해 깊게 생각하기 때문이 아닐까 싶다. 하고 싶은 일을 찾으려면 나를 객관적으로 들여다보는 것이 중요하다. 나를 객관적으로 한 발자국 떨어져서 바라보는 시간이 없으면 애초에 내가 가려고 했던 방향과는 전혀 다른 곳으로 걸어가게 된다. 열심히 저 산인가 싶어 올라갔더니 '이 산이 아닌가벼.' 하고 내려왔다는 우스갯소리의 주인공이 내가 될 수도 있다. 내가 지금 어떤 상황에 놓여있는지도 함께 파악해야 한다. 주변에 어떤 사람들이 있는지 둘러봐야 하고, 또 회사나 사회의 구성원으로서 현재 내가 어느 위치에 있는지도 파악해야 한다. 내가 아무리 의지가 있더라도 주변에서 내 발목을 잡아버리면 앞으로 나아갈 수 없고, 어떨 때는 크게 넘어져 버리기도 한다.

'주제 파악'과 '상황 파악'은 나를 객관화시키는 두 축이다. 충분한 시간을 가지고 이 과정을 겪지 않으면 어떤 일탈을 하더라도 금방 무료해지거나 쉽게 포기하게 된다. 처음에는 제법 그럴싸해 보여서 일단 덤볐는데, 하다 보니 내가 생각했던 모습이 아니기 때문이다. 이미 돌아가기도 늦어버려서 불타오르던 의지는 금방 꺾여버리고 앞으로 나갈 추진력을 잃어버린다. 뒤에 자세하게 이야기하겠지만 내가 지금도 아쉬워하는 일탈 중 하나가 사업했다가 망한 일이다. 물론, 사업하다 망할 수 있다. 다만, 충분히 고민했다고 생각한 후에 내지른 일이 나중에 발목을 잡았고, 돌이켜보니 객관화시키는 과정에서 투자한 시간이 너무 짧았다는 생각이 들었다. 조금만 더 시간을 가지고 고민했더라면 아마 지금과 전혀 다른 현실 속에 있을지도 모르겠다. 사업은 내 생각처럼 되지는 않았다. 모르는 게 많았고, 준비가 안 되어있었는데도 불같은 의지만 가지고 덤볐다. 결과만 놓고 보면 망했다는 결과가 더 안타까울 것 같지만, 나는 그런 결과를 만든 과정이 지금도 훨씬 더 아쉽다. 조금만 더 생각해봤더라면, 조금만 더 준비했었더라면, 조금만 더 다른 사람들에게 조언을 구했더라면, A가 아니라 B를 선택했더라면…. 뒤늦은 가정들이 그때의 경험을 쓰라리게 한다. 하지만 반대로 얻은 것도 있다. 그 이후로 나는 내가 생각할 수 있는 최대치보다 항상 20~30% 더 고민하려고 한다. '이만하면 됐어.' 하는 생각이 들면, 지금까지 고민했던 전체 시간의 20~30% 더 고민해보려고 한다. 혹시 내가 놓친 부분이 있을지, 혹시 나로 인해 상처받을 사람이 있을지 가능한 한 많은 상황을 가정하고 머릿속에서 미리 답을 구해본다. 충분하게 나와 주변을 둘러봤다고 반드시 성공하는 건 아니겠지만, 실패할 확률을 낮추는 건 분명하다. 성공적인 일탈이 되지 않더라도 최소한 후회 없는 일탈이 되기 위해서는 이렇게 나와 상황을 객관적인 시각으로 바라보는 시간이 반드시 필요하다.

객관화의 과정을 충분히 거치더라도 내가 나를 정확하게 안다고 생각하는 건 금물이다. 내가 놓인 상황이 바뀌기 때문이다. 상황이 바뀌면 사람도 바뀌기 마련이다. 우리는 무의식중에 '나는 절대 안 변해.', '나는 그런 사람 아니야.' 하고 단정적으로 나를 객관화시켜버리곤 한다. 영화 〈봄날은 간다〉의 유명한 대사가 있다. 남자 주인공인 상우는 이유도 모른 채 자신에게 이별을 통보한 은수에게 묻는다. "사랑이 어떻게 변하니?" 이 대사는 한동안 유행어처럼 당시 내 또래 청춘들의 입에서 오르고 내렸다. 반어적인 표현이다. 사랑이 변하지 않는 것이 아니라, 결국 사랑도 사람도 변하니깐 있는 그대로 받아들이라는 의미다. 불변할 듯한 '사랑' 같은 절대적인 가치도 시간의 흐름 속에서 그 의미가 바뀐다. 영화 말미에 시간이 흘러 다시 봄이 오고 상우와 은수는 만난다. 이번에는 은수가 상우에게 먼저 다가 가지만 이젠 상우가 은수를 밀어낸다. 상우에게는 다시 봄이 오는 동안 밀랍 같은 시간이라는 벽이 생겼고, 은수는 그 시간 너머에 있는 상우를 이해하고 뒤돌아선다. 절대적인 것은 없다. 상우와 은수처럼. 모든 것은 바라보는 사람과 놓여있는 곳에 따라 바뀐다. 노동 운동을 소재로 한 웹툰 〈송곳〉에서 비슷한 맥락의 대사가 나온다. 노동 운동가 구고신 소장이 한창 독일과 프랑스의 노동 환경에 대해서 강의를 하고 있을 때, 주인공인 이수인 과장의 질문에 구고신 소장이 답하는 장면이 있다.

> (이수인 과장) "프랑스 사회는 노조에 우호적인 것 같은데, 저희 회사는 프랑스 회사고 점장도 프랑스인인데 왜 노조를 거부하는 걸까요?"
>
> (구고신 소장) "여기서는 그래도 되니까. 여기서는 법을 어겨도 처벌 안 받고 욕하는 사람도 없고 오히려 이득을 보는데 어느 성인군자가 굳이 안 지켜도 될 법을 지켜가며 손해를 보겠소? 사람은 대부분 그래도 되는 상황에서는 그렇게 되는 거요. 노동 운동 10년 해도 사장 되면 노조 깰 생각부터 하게 되는 게 인간이란 말이오. 당신들은 안 그럴 거라고 장담하지 마. 서는 데가 바뀌면 풍경도 달라지는 거야."

나를 안다고, 바뀌지 않는다고 절대 확신하지 말아야 한다. 과거에 내가 좋아했던 것이 지금은 매력적이지 않을 수도 있고, 반대로 전혀 관심 없었던 일이 어느 순간 가장 하고 싶은 일이 되기도 한다. 얼마 전에 지인이 나에게 이런 이야기를 해줬다. 30년 지기 친구와 인간관계에 대해 논하다가 자기는 자기가 만든 프레임 안에 있는 소수의 사람과만 가까이 지내는 좁은 인간관계를 선호하고, 대체로 그들과는 잘 지내는 편이라고 말했단다. 그랬더니 그 친구가 하는 말이 "다시 한번 잘 생각해봐. 내가 너를 안 지가 30년이 넘었는데 그건 아닌 거 같아. 너는 대체로 모든 사람과 잘 못 지내는 편이야." 그 자리에서 재미있다고 웃고 넘겼지만, 솔직히 그 순간 머리를 세게 한 대 두들겨 맞은 것 같은 기분이 들었단다. 지금까지 본인은 그런 작은 인간관계를 선호하고 잘 관계해왔다고 생각했는데, 가장 가까운 친구는 본인이 모든 사람과 잘 어울리지 못한다는, 본인의 생각과는 전혀 다른 평가를 했기 때문이다. 그 이야기를 듣고 나도 한동안 내가 나의 인간관계에 대해서 잘 몰랐거나 착각하는 부분이 있는지 생각해봤다. 40년을 살아도 아직 내가 뭘 잘하는지, 뭘 좋아하는지 잘 모르겠다. 웃기지만 나는 매일이 질풍노도의 시기다. 그래서 매일 나에 대해서 고민하고, 하고 싶은 일에 대해서 생각한다. 말도 안 되는 거 아는데 진짜 매일이 사춘기다.

내가 하고 싶은 일탈을 제대로 찾으려면 감정에 솔직해져야 한다. 때로는 내가 바뀐 것도 인정해야 하고, 때로는 불편한 상황을 바라봐야 한다. 《40세에 은퇴하다: 그만두기도 시작하기도 좋은 나이》라는 책에 이런 이야기가 나온다.

"남에게 사기는 치지 않더라도 자신은 밥 먹듯이 속이고 사는 게 인간이다. 카페를 차려봤자 망하는 걸 알면서도 할 게 없다며 고집을 부려서 차리고, 재수를 해서 불합격할 걸 알면서 한 번 더 원서를 쓴다. 우선 자신에게 솔직해져야 한다. 그러지 않으면 아무것도 할 수 없다."

사람들은 잘못된 길인 줄 알면서도 자신을 속여 가며 굳이 그 길로 간다. 수시로 내 감정을 들여다봐야 하고, 내가 처한 상황을 바라봐야 한다. **솔직함은 남들 눈치 보지 않고 내가 하고 싶은 일을 찾아가는 나침반이다.** 길을 헤매고 있거나 다른 길로 가고 있을 때 나의 솔직함을 마주할 수 있다면 언제라도 제대로 된 방향으로 바꿀 수 있다.

하고 싶은 일을 찾기 위해 내가 주로 사용하는 방법은 스마트폰 메모장을 활용하는 거다. 나는 해보고 싶은 (또는 관심 있는) 일이 생길 때마다, 스마트폰을 꺼내 메모장에 기록해놓는다. 일단은 너무 쉽게 기억을 지워버리는 내 머릿속 부족한 메모리 장치 때문이기도 하지만, 더 근본적 이유는 그렇게 메모했다가 나중에 들여다보기 위함이다. 틀림없이 메모할 때는 해보고 싶은 일이었어도 나중에 다시 보면 '왜 이런 걸 적어놨지?' 하는 생각이 들 때가 많기 때문이다. 메모 당시에 충동적인 판단을 했거나 나중에 내가 원하는 게 바뀌었을 때 이런 일이 생긴다. 현재 내 메모장에는 크게 3가지 그룹으로 메모가 나뉘어있는데, 첫 번째는 앞으로 쓰고 싶은 책과 관련된 메모들이다. 두 번째는 언젠가 해보고 싶은 일탈과 관련된 것들이다. 그리고 마지막은 첫 번째와 두 번째 목록에 있다가 빠진 메모들이다. 지금은 내가 하고 싶은 일의 목록에서는 빠졌지만, 언젠가 다시 하고 싶은 일이 될지도 모르기 때문에 잠시 열외를 시켜놓았다. 각자 편한 방법대로 어딘가에 기록을 해놓는다면 회사 밖에서 즐거운 일탈을 즐기는 데 틀림없이 도움이 될 것이다.

지금까지 회사 밖에서 일이 아닌 다양한 일탈을 많이 했다. 물론 지금도 많은 걸 하고 있다. 처음에는 단순히 재미로 시작했던 일이 나중에는 돈을 벌게 해주는 경우가 있었다. 큰돈은 아니지만, 일탈로 돈을 벌 수도 있다는 생각에 나중에는 재미있어 보이기도 하고 의도적으로 돈이 될 수 있는 일탈을 찾았다. 그중에 누구나 할 수 있고 돈이 되는 일탈을 공유해볼까 한다.

결국엔 돈이 되는

일탈

01

~~~

우리가 대한민국 에어비앤비 호스트 전국 1등이라고?

나와 와이프는 여행도 좋아하고 여행지에서 만나는 사람들과 어울리는 걸 좋아한다. 그래서 결혼하고 나서도 열심히 여행을 다녔다. 한 2년 줄기 차게 놀러 다니다 첫째 아이가 태어나고 나서부터는 여행은커녕 만나는 사람도 제한적일 수밖에 없었다. 시간도 부족할뿐더러 마음의 여유는 더욱 부족했기 때문이다. 아이와 함께 보내는 시간 자체가 즐겁기는 했으나, 그 것으로는 채워지지 않는 새로운 자극에 계속 목말라갔다. 매일 저녁 아이 를 재우고 나면 와이프와 나는 거실 식탁에 앉아서 반복되는 일상에 새로 운 활력소를 만들기 위해 이런저런 이야기를 나누었다. 그러던 어느 날, 와 이프가 검색을 통해서 알게 된 어떤 블로그의 글을 봤다면서, 우리도 해볼 수 있을 것 같다며 당시 광풍처럼 일어나기 시작한 에어비앤비를 해보자는 제안을 했다. 나중에 알게 된 거지만 그 블로그를 운영하는 분은 이미 대한 민국 에어비앤비 세계에서 꽤나 유명한 사람이었다.

(와이프) "내가 찾은 블로거도 애 둘이 있는 우리 또래 여자분인데, 에어비앤비 슈퍼 호스트더라고. 가만 생각해보니깐 우리도 여행하는 것도 좋아하고, 사람 만나는 것도 좋아하니깐 한번 해보면 어떨까 하는 생각이 들었어. 자기 생각은 어때?"

(나) "에어비앤비? 근데 그건 누군가가 우리 집에서 함께 지내야 하는 거잖아? 불편하지 않을까? 우리는 아직 어린애도 있고, 애가 한밤중에 울기라도 하면 서로 난감할 것 같은데…."

(와이프) "안 그래도 좀 찾아보니깐, 우리 집을 소개할 때 아이가 있어서 발생할 수 있는 상황을 충분히 설명해놓으면 게스트들도 다 이해한대. 일단 한두 번 해보고 나서 그때도 마음이 불편하면 할지 말지 다시 생각해보자."

(나) "좋아. 걱정되는 건 있지만 일단 고! 해보자."

처음에 잠시 망설였던 나도 와이프의 적극적인 권유에 못 이기는 척하고 일단 해보기로 결정했다. 아마도 육아를 하던 와이프가 상대적으로 나보다 더 새로운 자극에 목말라 있었을지도 모른다는 생각도 들었다. 그리고 무엇보다 당장 여행을 갈 수 없는 상황이다 보니, 여행의 보완재로서 에어비앤비가 그 역할을 충분히 해줄 수 있을 것 같았다. **'우리가 여행을 가기 힘드니, 당분간 우리 집에서 여행자들을 만나자.'**라는 생각을 가지고 에어비앤비 호스트가 되기 위한 준비를 시작했다.

수많은 블로그를 뒤져 가며 이미 이 공유경제 플랫폼 안에 자리 잡고 있는 호스트들의 후기를 보며 대략적인 감을 잡아나갔다. 그러던 중 에어비앤비 코리아에서 우리같이 어리바리한 신규 호스트를 위한 Meet-up을 하고 있다는 사실을 알게 되었고, 용기 내서 참가 신청서를 냈다. Meet-up에서 에어비앤비 담당자는 대한민국 에어비앤비 전반에 대한 브리핑과 슈퍼호스트라고 일컫는 상위 1%의 호스트의 생생한 사례를 공유해주었다. 그들의 강의를 듣는 동안 나도 그들처럼 될 수 있다는 생각과 다양한 국적의 사람을 만날 수 있다는 생각에 가슴이 뛰었다. 이때가 2015년 3월이었는데, 당시 기준으로 전 세계에 약 80만 명의 호스트가 있었고, 우리나라에 약 7천 명의 호스트가 있다고 했다. 이때만 하더라도 1년 뒤 우리가 대한민국 전체 호스트 중 1등을 할 거라고는 전혀 생각하지 못했다.

에어비앤비 신규 호스트 Meet-up을 다녀온 후 설레는 마음으로 호스트가 되기 위한 준비를 시작했다. 게스트의 편의를 위해 화장실이 딸린 안방을 기꺼이 내어줬고, 게스트가 사용할 침구류와 비품을 장만하면서 마치

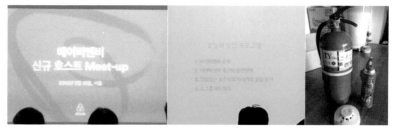

에어비앤비 신규 호스트 Meet-up에 참가했을 당시와 호스트 숙소 인증 후 받은 안전키트

우리의 신혼집을 꾸미는 양 즐거웠다. 그렇게 기본적인 준비를 마치고 우리 집을 알리기 위해 각종 텍스트와 사진을 에어비앤비 홈페이지에 업로드했다. 우리 집에 대한 소개를 최대한 정확하게 하려고 텍스트와 사진을 많이 활용했다. 게스트는 사진과 사용 후기만으로 본인이 함께 지낼 호스트를 선택해야 하기에, 혹시라도 나중에 게스트가 생각했던 이미지와 달라서 실망하는 일이 없도록 가급적이면 많은 사진을 올려놨다. 돌이켜보면 대한민국 에어비앤비 1등 호스트가 되었던 비결 중 하나가 바로 이 정확한 정보 전달이지 않았나 싶다. 물론 게스트들과 즐겁게 어울렸기 때문에 좋은 평가를 받았겠지만, 그에 앞서 우리가 원하는 게스트들이 우리 집을 선택할 수 있게끔 정확한 정보를 제공했기 때문에 좋은 결과를 만들지 않았나 하는 생각이 든다. 특히 우리는 어린 아이가 있는 집이었기 때문에 아이로 인해 발생할 수 있는 불편함에 대해서도 설명했고, 그런 이유로 흡연이 불가하며 조용히 머물다 갈 게스트를 원한다고 미리 공지했다. 만약 우리가 이런 충분한 정보 제공 없이 게스트를 받았다가 서로 불편한 경험을 했다면, 게스트도 마찬가지겠지만 우리 역시 에어비앤비를 즐겁게 할 수 없었을 것이다.

애초에 우리는 돈을 벌기 위해 에어비앤비 호스트가 된 게 아니기 때문에, 게스트들이 최대한 부담 없이 우리 집을 선택할 수 있도록 비슷한 컨디션에 있는 호스트들보다 가격을 많이 낮춰서 올려놨다. 돈이 중요한 것이 아니라 다양한 국적의 좋은 사람들과 지내고 싶은 니즈가 컸다. 실제로 우리 집을 보고 문의해온 게스트 중에서 숙소 이용 규칙을 충분히 지킬 수 있겠다고 판단되거나, 가격이 부담될 수 있는 학생에게는 정해진 가격보다 훨씬 적게 받을 때도 많았다. 결과적으로 상대적으로 저렴한 가격은 에어비앤비를 하는 동안 분명히 메리트가 있었다. 우리 집을 오픈한 순간부터 공실 걱정 한번 없이 우리 집에 머무르길 원했던 게스트들의 문의가 끊이질 않았으니깐 말이다.

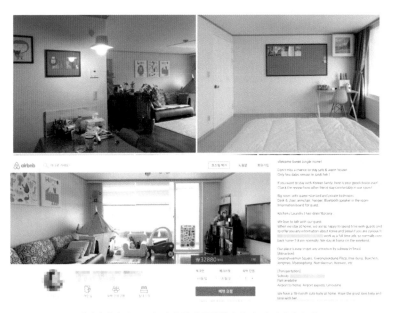

에어비앤비 호스트가 되기 위해 등록했던 우리 집 사진과 소개

우리 집을 거쳐 간 수많은 게스트 중 특별히 기억나는 게스트가 몇 명 있는데, 그중 한 명이 우리의 첫 게스트였던 프랑스에서 온 제롬이었다. 사실, 이 친구로부터 우리 집에서 묵고 싶다고 요청이 왔을 때 기쁨도 잠시뿐 고민이 더 많았다. 제롬의 프로필 사진은 어두운 밤에 화질도 안 좋은 PC 카메라로 찍어 심령사진 같은 느낌이었고, 무엇보다 게스트 후기가 하나도 없었다. 게스트 후기가 없다는 건 이 친구가 좋은 게스트인지 참고할 만한 단서가 전혀 없다는 뜻이다. 고민 끝에 우리도 어차피 호스트로서 아직 경험이 없으니 우리를 찾아준 첫 게스트를 감사하게 받아들이기로 결정했다. 제롬은 금요일 저녁에 와서 일요일 오후에 돌아가는 짧은 일정의 게스트였다. 우리의 첫 게스트는 과연 어떤 친구일까 궁금해서 제롬이 오는 금요일에는 일이 손에 하나도 안 잡혔다. 퇴근 시간만 기다리다가 부랴부랴 집으로 왔더니 이미 제롬은 도착해서 와이프와 이야기를 나누고 있었다. 현관에 들어서자마자 나를 맞이하는 파란 눈의 제롬을 보는 순간 잠시 프랑스에 와 있나 하는 착각이 들 정도로, 우리 집에서 외국인 친구를 만난다는 건 너무나 새로운 경험이었다. 제롬은 프로필 사진과는 전혀 다른 자그마한 체구에 선한 인상을 가진 친구였다. 우리가 첫 게스트로 제롬을 만나지 못했으면 두고두고 후회했을 만큼 예의 바른 친구였다. 짧은 일정으로 한국에 출장 온 터라 여독을 풀 수 있도록 첫날은 서로 가벼운 인사와 대화만 나눴다. 다행히 다음 날 저녁에 특별한 일정이 없는 제롬을 저녁 식사에 초대했고, 우리는 함께 밥을 먹으며 이런저런 이야기를 나누었다.

(나) "근데 너는 무슨 일 때문에 한국에 출장 온 거야?"

(제롬) "나는 프랑스에서 아이들이 먹는 유산균 제품 매니저로 일하고 있어. 과거에 중국에서 2년 살았던 경험도 있어서 아시아가 낯설지 않아. 한국에 온 것도 이번이 두 번째거든."

(나) "오! 그래? 우리아이도 유산균을 먹는데, 너네 회사 제품 알려주면 그것도 먹여봐야겠다. 하하."

(제롬) "우리 제품 진짜 좋아. 나도 너희들처럼 파트너랑 살면서 아이를 키우고 있는데, 우리 아이도 먹고 있어. 강추!"

(나) "아, 그래서 니가 우리 집에 올 때 우리 아이 선물을 사 왔구나!? 역시 아빠의 마음은 어딜 가나 다 똑같구나!"

프랑스에서 아이들이 먹는 유산균 제품 매니저로 일한다는 이야기, 과거 중국에서 2년간 살았던 이야기 등 시시콜콜한 주제로 한참을 대화하다 보니 어느새 꽤 가까워지고 있다는 생각도 들었다. 또, 제롬은 우리처럼 어린아이를 키우는 아빠이기도 했다. 그래서인지 우리 집에 아이가 있다는 사전 정보를 확인하고 우리 아이에게 줄 작은 선물도 사 올 만큼 배려심도 있는 친구였다. 아이를 재우고 나서도 한참을 떠들던 우리는 못내 아쉬워하며 못다 한 이야기는 꼭 나중에 다시 하기로 하고 일어났다.

제롬이 한국에서의 짧은 일정을 마치고 떠나는 날이 주말이었는데, 각자 스케줄대로 움직이고 오후에 다시 만나 가벼운 티 타임을 하고 헤어지

제롬이 프랑스에서 딸아이의 선물로 가져온 작은 자동차 장난감

기로 했다. 저녁 비행기였기에 시간이 좀 남아있어서 우리는 평생 기억에 남을 첫 게스트였던 제롬에게 함께한 시간을 기억해주길 바라는 의미로 인사동에서 자그마한 선물을 하나 준비해서 돌아왔다. 집에 돌아왔더니 제롬은 스케줄이 타이트해서 먼저 떠나게 되었다며 책상 위에 메모를 남겨두고 떠나버렸다. 사진 한 장도 남기지 못하고, 주려던 선물도 전달하지 못한 채 친구를 떠나보냈다는 생각에 한동안 마음이 헛헛했다. 파리 샹젤리제 거리에 산다는 제롬을 언젠가 꼭 만나리라 다짐했다. 실제로 1년 반 뒤에 나는 파리로 출장을 가게 되어 제롬이 남긴 이메일을 통해서 연락을 했는데, 아쉽게도 제롬의 출장 일정이 겹치면서 현지에서의 급 만남은 성사되지 않았다. 그렇지만 제롬과의 추억은 그 후 우리가 에어비앤비를 운영하는 데 있어서 큰 힘과 용기가 되었다.

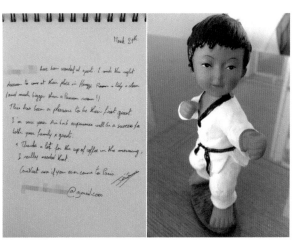

제롬이 남긴 메모와 전달하지 못한 태권 소년 석고 인형

첫 번째 게스트였던 제롬이 다녀간 이후로 수많은 게스트가 우리 집을 다녀갔다. 국적만 대충 따져 봐도 중국, 홍콩, 싱가폴, 프랑스, 독일, 오스트리아, 나이지리아, 미국 등 정말 글로벌하게 다양한 게스트와 즐거운 시간을 보냈다. 그들 중 몇몇은 지금도 SNS나 카톡을 통해서 연락을 하며 지내고 있다. 얼마나 멋진 일인가. 내 집에서 외국인 친구들을 사귈 수 있다는 건. 우리가 원하던 대로 에어비앤비를 통해 다양한 국적과 문화를 가진 외국 친구들을 만나는 것은 한동안 삶의 커다란 자극제가 되었다. 게다가 외국인 친구는 친구대로 만나면서 매달 50~60만 원 정도의 수입이 생겨났다. 그중 일부는 항상 게스트들과의 식사나 선물을 위해 썼지만, 새로운

친구도 사귀면서 돈을 번다는 건 생각보다 훨씬 재미있었다. 이때 에어비앤비를 통해서 쌓은 경험이 나중에 돈이 되는 일탈을 찾게끔 하는 계기가 되기도 했다.

그 뒤로 우리는 불과 몇 개월 만에 에어비앤비 호스트 중 좋은 평가를 받고 상위에 랭크되어있는 슈퍼 호스트가 되었다. 슈퍼 호스트가 된 것만으로도 에어비앤비를 운영하는 데 큰 도움이 되었다. 슈퍼 호스트는 함께했던 수많은 게스트로부터 좋은 평가를 받아야만 가능한 일이기에 게스트가 호스트를 선택하는 데 있어 우선 고려 대상이 된다. 그렇게 감사한 마음으로 많은 게스트를 만나고 있었는데, 어느 날 에어비앤비 측에서 주최하는 슈퍼 호스트 Meet-up에 초대를 받았다. 와이프와 함께 "슈퍼 호스트 되니깐 에어비앤비에서 초대도 해주고 좋긴 좋구나."라며 들뜬 마음으로 모임에 참가하기로 했다. 모임이 있는 날 저녁에 아이를 어머니에게 잠시 부탁하고 행사에 참가했더니, 이미 많은 분이 와계셨다. 자리에 앉아 다과를 먹으며 테이블에 놓인 모임 일정표를 보니 슈퍼 호스트 중에서 1등에게 주는 베스트 호스트 수상식이 있었다. 행사에 참가한 슈퍼 호스트 면면을 보니 이미 블로그 등을 통해서 봤던 유명하신 분들도 많이 참석했기에 당연히 그분들 중에서 베스트 호스트가 선정될 거라고 생각했다. 그리고 그날 모임의 메인 행사를 위해 에어비앤비 담당자분이 나와서 2016년 1분기 베스트 호스트를 호명하는데, 호명된 이름이 낯설지가 않았다. 사람들이 웅성거리며 도대체 누가 베스트 호스트가 된 건지 궁금해하며 두리번거리는

베스트 호스트 상품으로 받은 500불짜리 바우처와 행사장에서 맥주 한 잔으로 자축하는 모습

데, 그제야 우리 이름이라는 걸 알았다. 그렇게 우리는 생각지도 않게 선배 슈퍼 호스트들의 축하를 받으며 에어비앤비 호스트를 시작한 지 1년 만에 '대한민국 1등 호스트'라는 타이틀을 갖게 되었다. 에어비앤비 담당자가 말하길 우리가 평가 전 항목에서 유일하게 만점을 받았다며 칭찬을 해주는데, 어찌나 쑥스러우면서도 으쓱하던지 그때의 기분을 뭐라 표현할 수가 없었다.

에어비앤비는 반복되는 지루한 일상에 작은 즐거움을 찾기 위해 시작했던 일에 불과했는데, 1년 만에 믿을 수 없는 결과를 안겨 주었다. 다시 생각해봐도 에어비앤비 호스트 전국 1등을 했다는 걸 믿을 수가 없다. 둘째가 태어난 이후로 지금은 남는 방이 없어서 에어비앤비 호스트로 활동하고 있지는 않지만, 언제라도 기회가 되면 다시 호스트로 세계 각국의 많은 친구를 만날 준비가 되어있다. 에어비앤비를 처음 시작한다고 했을 때 나도 걱정을 했지만 나보다 주변에서 많이 걱정했다. 전혀 모르는 사람, 그것도 외국인이랑 함께 지내면 무섭지 않겠냐고. 하지만 그런 사람들의 걱정에 휘둘려서 만약 시작하지 않았으면 어땠을까. 모르긴 몰라도 엄청 후회했을 것이 분명하다. 모든 건 내가 마음먹기에 달렸다. 내가 즐겁게 할 수만 있다면, 어느 순간 뜻하지 않게 의미 있는 결과를 만들 수도 있다. 에어비앤비를 했던 경험은 나에게 즐거움, 새로운 친구, 성취감 그리고 작은 수입을 만들어주었다. 의지만 있다면 이 모든 걸 한 번에 가질 수 있는데 안 할 이유가 있을까.

02 교수님이라는 호칭은 어색하지만
강의비는 쏠쏠하네요

생각보다 많은 후배가 힘든 일이 있거나 조언이 필요할 때면 나를 찾아온다. 회사에서 생겨나는 불편한 인간관계부터 개인적인 소소한 신변에 관한 것까지 다양한 상담 거리를 들고 온다. "저는 회계팀 담당자와 사이가 좋지 않아서 일하는 게 너무 힘들어요.", "회사 내에서 누구를 좋아하는데 어떻게 하면 좋죠.", "부모님 환갑이라서 여행을 갈 건데 추천 좀 해주세요." 같은 정답을 줄 수 없는 상담 내용이 대부분이지만, 나는 그들의 이야기를 최대한 잘 들어주고 내 경험을 바탕으로 할 수 있는 현실적인 조언을 해준다. 내 성향이 그렇다. 말하는 것보다 상대방의 이야기를 잘 듣는 편이고, 내 주장을 내세우기보다 상대방의 마음을 나누고 함께 고민하는 걸 좋아한다. 어느 날 한번은 신입 사원으로 뽑아서 수년째 함께 일하던 팀원이 출근하자마자 메신저로 나에게 면담을 요청했다.

(팀원) "팀장님, 드릴 말씀이 있는데요."

(나) "아침부터 무섭게 왜 그래. 무슨 일 있어?"

(팀원) "그런 건 아니고요. 혹시 지금 시간 되시면 커피 한잔 같이 하실래요?"

(중략)

(팀원) "팀장님 제가 예전부터 꼭 일해보고 싶은 회사에서 이직 제의가 왔어요. 그래서 며칠 고민하다가 팀장님과 상의하고 싶어서요."

(나) "뭐야. 나 니 팀장이야, 지금 나한테 이직하고 싶다고 얘기하는 거야? 하하하. 뭐 나한테 이야기 꺼낼 정도면 이미 고민할 만큼 하고 마음은 정했다는 이야기 같고, 나한테 미안해서 이야기하는 거야?"

(팀원) "그렇죠⋯. 아무래도 나중에 다른 사람한테 들으시면 기분도 안 좋으실 거고. 또 팀장님이 그 회사에 대해서 너무 잘 아시니깐 겸사겸사 조언도 받아볼까 해서요."

(나) "나한테 이직하게 도와달라는 이야기네. 일단 알았어. 너도 알겠지만 그 회사 쉽지 않아. 알고 있지? 니가 마음을 정한 거 같으니깐 가서 이야기 한번 들어봐. 잘되면 그때 가서 어떻게 할지 다시 이야기해보자. 그래서 인터뷰 날짜가 언제라고?"

(팀원) "다음 주 수요일 오후에 잡혀있어요. 그래서 그날 반차를 좀 내려고요."

(나) "뭔 반차야. 어차피 가까운 곳에 있으니까, 점심 먹고 나가. 누

가 찾으면 외근 보냈다고 할 테니깐. 그리고 그 회사에 내 지인
들 좀 있으니까, 대충 어떤 상황인지 알아봐 줄게. 이직에 성공
하면 한턱 쏴라."

(팀원) "진짜요? 감사합니다! 꼭 붙겠습니다."

(나) "난 안 붙었으면 좋겠다. 하하."

내가 얼마나 만만했으면 본인 팀장인 나한테 이직하겠으니 도와달라고
할까도 싶지만, 사실 나는 그날 기분이 너무 좋았다. 팀장이 만만해야 팀원
들과 다양한 의견을 나눌 수 있고, 시시콜콜한 이야기까지 공유할 수 있어
야 서로 신뢰가 쌓이기 때문이다. 결국 그 친구는 이직에 실패했지만, 부담
없이 최선을 다해서 인터뷰를 볼 수 있도록 지원해준 나와의 신뢰는 더 두
터워졌다.

이렇게 후배들의 고민을 상담해주는 나를 볼 때마다 친한 동료들은 "일
하기도 바쁜데 어떻게 애들 이야기를 다 들어주냐. 차라리 적성을 살려서
이참에 상담사로 전향해봐. 아니면 어디 가서 취업 상담하는 강의라도 좀
해보든가."라고 핀잔을 주었다. 처음에는 무심코 흘려들었던 이 이야기가
반복되면서 나도 모르게 '진짜 전문 상담사나 한 번 해볼까. 적성에도 좀
맞는 거 같은데….'라는 관심으로 바뀌기 시작했다. 관련된 정보를 찾기 시
작했다. 강의는 당장 내가 하고 싶다고 할 수 있는 것이 아니라서, 일단은
상담사 자격증을 어떻게 딸 수 있는지 알아보기 위해 블로그 후기들을 싹
한번 훑었다. 상담사 자격증을 따는 건 생각보다 어려워 보이지는 않았다.

다만 정보 취득 과정에서 난무하는 광고성 글들이 눈에 거슬렸고, 무엇보다 중요한 건 자격증을 딴다고 해도 드라마틱하게 새로운 자극이 있을 것 같지 않았다. 그래서 금방 내 관심에서 멀어졌다. 대신에 강의에 대한 관심은 점점 커졌는데, 그때 마침 회사 내에서 사내 강사로 선정되어 교육 과정을 이수하고 신입 사원과 인턴사원을 대상으로 강의를 하고 있을 때라 외부에서 강의 기회가 있다면 꼭 해보고 싶었다. 가끔씩 강의를 나간다는 친구와 선배들이 생각났다. 금융권에 있는 선배, 대기업 홍보팀에 있는 친구, 컨설팅 펌에 다니는 친구 등 본인의 업무를 바탕으로 강의를 다닌다는 그들의 이야기가 그때부터 나의 최대 관심사가 되었다.

이런 생각들을 한창 하고 있던 차에 친한 후배로부터 연락이 왔다. 이날의 전화 한 통이 나중에 강사 커리어를 만드는 시발점이 되었다.

(후배) "형님 잘 지내시죠?"

(나) "그럼 잘 지내지, 너는 요즘 어때?"

(후배) "저야 뭐 똑같죠. 하루하루 잘 버티고 있습니다."

(나) "별일 없이 지내는 게 잘 지내는 거지 뭐. 근데 갑자기 전화까지 주고 무슨 일이야?"

(후배) "다른 게 아니라 제가 대학생 때부터 마케팅 연합 동아리 활동 했잖아요. 올해 제가 동아리 회장을 맡게 됐는데 후배들 대상으로 취업 세미나를 계획 중이에요. 형님이 강연자로 한 번 나와 주세요."

그 후배는 내가 평소에 후배들과 장난쳐가며 허물없이 지내는 걸 알고 있어서, 후배들에게 진솔한 이야기를 해줄 수 있을 거라는 생각에 나를 섭외하기 위해 연락한 거였다. 오픈된 장소에서 수백 명의 사람들 앞에서 내 의견을 이야기하는 게 살짝 부담스럽긴 했지만, 한창 강의와 관련된 새로운 기회를 찾고 있던 터여서 흔쾌히 나가기로 결정했다. 강의를 준비하면서 내 나름대로 취업 준비생들이 관심 있을 법한 예상 질문들을 정리하고 그에 맞는 조언을 준비했다. 서울 소재 모 대학의 중강당에서 진행된 강의는 내가 생각했던 것보다 규모가 좀 있었다. 학생들이 빼곡히 들어차고 준비된 단상에 올라가서 준비한 내 이야기를 한바탕 쏟아내고 다양한 질문에 대해서 답변했다. 처음이어서였을까, 생각보다 많이 떨려서 준비했던 것을 다 전달하지도 못했고 말도 버벅댔던 것 같아 아쉬움이 많이 남았다. 하지만 그 단상 위에서 내 입만 바라보던 수백 명의 취업 준비생들의 모습은 굉장히 강렬했다. 내가 무슨 이야기를 할까 반짝이는 눈으로 집중하던 그들의 모습에서 불과 십 년 전 그 자리에 앉아있던 내 모습이 보였다. 그래서 현실과 동떨어진 멋지고 그럴싸한 이야기가 아닌 진짜 도움이 될 수 있는 이야기를 해주려고 집중했다. 그런 내 마음이 전달됐는지 강의가 끝난 후에 많은 학생이 나와 사진을 찍고 명함을 받아 가며 감사의 말을 전했다. 그때 기분이 참 묘했다. 강의를 준비하는 과정에서 많은 에너지를 소비했지만, 정작 강의가 모두 끝났을 때 처음 경험하는 새로운 에너지가 채워진 느낌이었다. 한 가지 감정으로 설명되지 않는 그 에너지는 사회생활에서 업무로 만나는 사람들과의 관계에서는 느껴보지 못한 감정이었다. 강의가 재미있었고, 다시 해보고 싶었다. 그래서 만나는 사람들에게 강의를 해보고 싶은데, 혹시 그런 기회가 있으면 나한테 꼭 연락 달라며 사방팔방 떠들고 다녔다. 기회는 진짜 우연한 타이밍에 생각지도 못한 곳에서 온다. 얼마 뒤 정식으로 강의 제안을 받게 된다.

그날 강의는 취업 관련된 카페와 블로그에서 '○○○ 취업 강의 후기'라는 이름으로 회자되었다. 그리고 이 후기를 우연히 접한 사설 교육기관 담당자로부터 연락이 왔다. "안녕하세요. 저희는 ○○○라는 교육기관입니다. 지난번 ○○대학에서 취업 관련된 강의하신 거 보고 취업 특강을 요청하고자 연락드렸습니다." 이렇게 빨리 강의 기회가 주어질 줄은 생각도 못 했다. 마다할 이유가 없었다. 나도 드디어 강의를 할 수 있다는 생각에 너무 기뻤다. 정식으로 강의비를 받고 하는 강의인지라 부담도 됐고 고민도 많았다. 뭔가 내 강의 인생에 첫마디를 멋지게 시작해보고 싶어서 거울을 보면서 입꼬리도 올려보고 목소리 톤도 바꿔가면서 설레는 마음으로 연습했다. 무엇보다 어떤 이야기를 해주면 이 친구들이 취업하는 데 도움이 될 수 있을까 고민했다. 나는 내가 누군가의 인생에 도움이 될 만한 전문적인 지식과 소양을 갖추고 있다고 한 번도 생각해본 적이 없다. 그래서 무언가 내가 전문 지식을 전달하는 강사라는 개념보다는 그 친구들보다 먼저 이 길을 걸어온 선배로서의 경험을 나누고 싶었고, 진짜 궁금한 이야기를 현실적으로 해주고 싶었다. 희망찬 이야기와 이론적인 이야기는 내가 아니어도 해줄 사람이 많다고 생각했고, 나는 어렵고 힘든 현실적인 이야기와 실무적인 이야기를 해주는 컨셉으로 강의를 준비했다. 예정된 강의 시간보다 일찍 도착해서 근처 커피숍에 자리 잡고 강의 자료를 보면서 어떤 이야기를 할지 다시 한번 정리하고 강의실로 갔다. 교육기관 대표님과 가벼운 티타임을 하고, 잘 부탁한다는 격려의 말을 뒤로하고 강의실 앞에 섰다. 301호 강의실. 강의실 앞에 붙어있는 내 이름과 그 뒤의 '교수님'이라는 타이틀이 낯설었다. 교수라니. 그냥 나는 편하게 강의하러 온 것뿐인데 솔직히 교수님이라는 호칭이 좀 부담이 되긴 했다.

내 인생 첫 번째 강의를 했던 강의실 문 앞에 붙어있던 내 이름

막상 강의실에서는 생각보다 떨리지 않았다. 아마도 동생들에게 편하게 조언을 해준다는 생각으로 강의에 임했기 때문일 것이다. 사실 취업이라는 게 정해진 공식이 없기 때문에 억지로 모범 답안인 양 취업 전략을 설명했더라면 아마 내가 더 어색했을 것이다. 하지만 철저하게 내 경험으로부터 얻은 생각을 공유하는 시간이었기 때문에 막힘없이 강의를 할 수 있었지 않나 생각된다. 그렇게 약 20명 정도의 대학생 앞에서 어색한 웃음을 날리며 자기소개를 했고, 그 뒤로 정해진 2시간을 훌쩍 넘겨서 더 이상 질문이 나오지 않을 때까지 일일이 답변해주었다. 강의는 내가 생각했던 것 이상으로 재미있었다. 무엇보다 준비하는 과정도 즐거웠고, 현장에서 후배들과 이야기하는 시간을 통해서 내가 배우는 것도 많았다. 게다가 나 같은 초짜 강사에게도 강의비가 책정된다는 사실은 또 다른 즐거움이었다. 기회가 있다면 마다하지 않고 더 많은 곳에서 강의를 해야겠다고 마음먹었다. 강의를 마치고 돌아오는 길에 담당자로부터 강의료 입금을 위해 계좌를 알려달라는 연락을 받고, 내가 하는 모든 강의의 강의료가 입금될 전용 통장을 개설했다. 앞으로도 강의를 꾸준히 이어가겠다는 내 나름의 방식인 의지 표현이었다. 그 뒤로 며칠 뒤 내 인생 첫 강의료인 20만 원 정도가 입금되었다. 다행히도 교육기관 측에서 그날 학생들의 강의 만족도가 좋다면서 계속 강의해달라는 부탁을 했고, 나 역시 이런 좋은 기회를 놓칠 수 없어서 흔쾌히 수락하고 해당 커리큘럼의 강사로서 계속 강의를 할 수 있게 되었다. 남들보다 뛰어난 건 없어도 솔직하게 후배들과 소통하려 했던 방식이

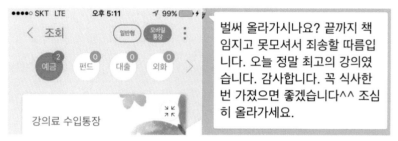

첫 강의료가 입금되었던 통장과 부산 소재 대학에서 강의 후 올라오는 KTX에서 받은 강의 피드백

모두에게 인정받은 것이다. 그 교육기관에서 수년 동안 커리큘럼 중 한 파트를 맡아서 강의를 해오다가 최근 들어서는 교육기관 대표님의 부탁으로 커리큘럼 작성, 강사 섭외, 진로 상담 등 전체를 다 맡아서 총괄하고 있다. 물론 그동안 한 곳에서만 강의한 것은 아니다. 그 뒤로도 이곳저곳에서 강의 요청이 왔고, 불러주는 곳이 있으면 마다하지 않았다. 부산의 모 대학에 특강이 있는 날에는 당일로 KTX를 타고 내려갔다가 올라오는 일정도 거뜬히 소화해 낼 정도로 강의에 대한 열정으로 가득 찼다.

지금도 강의실에서 나를 교수님이라고 부르는 학생들을 볼 때마다 손발이 오그라드는 건 어쩔 수 없다. 교수님이라는 호칭은 나를 믿고 따라주는 학생들에게 내가 돌려줘야 하는 책임감의 다른 이름이라는 생각이 든다. 그렇기에 결코 가볍게 생각할 수가 없다. 강의를 한 지도 벌써 5년이 넘은 것 같다. 5년 동안 단 한 번도 재미없거나 지루하거나 싫증 난 적이 없다. 오히려 강의를 하는 데 있어서 부족한 나를 깨닫고 채우는 과정이었으면 모를까.

요새는 정말 다양한 강의 플랫폼이 있어서 내가 의지만 있다면 굳이 전문적인 내용이 아니라 하더라도 다양한 주제로 강의를 해볼 수 있다. 내가 평소에 즐기는 취미 활동이 강의 주제가 될 수도 있고, 신입 사원을 위한 문서 작성법 등 회사 생활에서 터득한 기본적인 노하우가 강의 주제가 될 수도 있다. 강의는 더 이상 전문가의 전유물이 아니다. **내가 의지가 있다면 그 어떤 주제라도 강의가 될 수 있고, 그 강의가 필요한 누군가는 세상 어딘가에 반드시 있다.** 해보지도 않고 '강의는 아무나 하는 게 아니야.'라고 생각할 필요가 없다는 말이다. 혹시라도 지금 이 글을 읽는 당신이 강의에 관심이 있다면, 바로 실행해보길 추천한다. 하다 보면 나만의 강의 스타일이 생기고, 강의를 통해서 타인과 소통하는 방식을 배우게 된다. 또 강의는 시급으로 따지면 다른 어떤 아르바이트와 비교도 할 수 없을 만큼 매력적이다. 특별히 투자할 것도 없다. 그냥 내 의지와 약간의 시간이 필요할 뿐이다. 매달 다르기는 하지만 나는 강의를 통해서 매달 약 70~80만 원의 부가적인 수입을 올리고 있다. 금전적인 가치를 떠나서 회사 밖에서 일탈을 통해 무언가 하나씩 이뤄가고 있다는 의미를 부여하면 그 돈의 가치는 액면가 이상이다. 강의는 막걸리 빚는 것과 비슷한 과정이다. 처음에는 날 것 그대로의 생쌀이지만, 거기에 의지라는 누룩을 넣고 발효될 때까지 약간의 시간을 주면 잘 숙성된 막걸리 같은 강의가 완성된다. 5년 전 강의에 관심을 가졌을 때 '에이, 내가 무슨 강의를. 강의는 아무나 하나.'라고 내 마음의 소리를 애써 외면하지 않았다면 지금 나에게 무엇이 남았을까. 아마 후회와 그냥 그렇게 지나버린 시간만이 남았을 게 뻔하다.

와이프도 얼마 전부터 외국인을 대상으로 한국어를 가르치고 있다. 아이들 때문에 다니던 회사를 정리하고 프리랜서로 전향한 지 좀 됐는데, 반복되는 육아와 늘 하던 일로 인해 지칠 때쯤 새로운 리프레시 방법으로 선택한 것이 바로 강의다. 와이프는 아이들을 재우고 매일 밤 10시부터 12시까지 온라인으로 전 세계 다양한 나라의 학생을 대상으로 한국어를 가르친다. 와이프가 책정한 강의료는 이것저것 떼고 나면 시간당 약 20달러밖에 안 되지만, 돈 버는 것이 목적이 아니기에 상관없다고 한다. 대신에 다양한 국적의 학생들과의 교류를 통해서 더 많은 것을 얻고 있다고 말한다.

첫 번째는 일단 새로운 사람을 만난다는 설렘이다. 앞서 우리가 에어비앤비를 시작했던 것과 비슷한 맥락이다. 강의를 하기도 하지만 반대로 세계의 다양한 나라 이야기를 생생하게 들을 수 있는 간접 체험이 된다. 며칠 전에는 콜롬비아 학생이 자국의 썩어빠진 부패한 정치인들에 대해서 열변을 토했다나 어쨌다나.

두 번째는 영어다. 한국어를 강의하지만 기본 언어는 영어다. 사회생활 내내 영어를 사용했던 와이프는 오히려 강의를 통해서 본인의 영어 실력이 향상되는 계기가 되고 있다고 한다. 굳이 따로 영어를 공부하는 시간을 내지 않아도 자연스럽게 다양한 영어를 구사하는 훈련이 된단다.

마지막은 역시 용돈벌이가 된다는 것이다. 하루에 30분 정도의 수업 준비와 2시간 정도의 수업을 통해서 약 40달러 정도를 벌고 있다. 본업으로 하는 프리랜서로 버는 돈보다는 터무니없이 적은 금액이지만, 그 성취감이 가져다주는 가치의 크기는 전혀 다르기에 단순히 금액으로는 비교 불가다. 와이프가 처음 강의를 시작할 때 거실에 앉아서 들어보면 어색한 말투와 긴장한 표현들이 문밖으로 흘러나왔다. 근데 지금은 자기소개부터 프리토킹까지 청산유수다. 5살짜리 영국 여자아이와 수업할 때는 우리 아이들의 장난감을 총동원해서 머리에 뽀로로 머리띠까지 하고 수업을 한다. 가끔 〈아기상어〉를 부르기도 한다. 또 싱가포르에 사는 청년과는 국내외 정세와 관련된 토론도 한다. 본인은 잘 모르겠다고 하지만 내가 매일 밤 옆에서 지켜본 바로는 정말 잘한다. 짧은 시간 안에 강의 실력이 일취월장했다. 주말 빼고 매일 밤 2시간씩 빠지지 않고 몇 달 동안 수업한 노력이 강사로서 수준을 높인 게 틀림없다. 내가 말하고 싶은 것이 이것이다. 처음부터 강사로서 능수능란하게 강의할 수는 없다. 강의 스킬은 하면 할수록 높아질 수밖에 없으니 지레 겁먹지 말라는 거다.

강의만큼 좋은 일탈도 없는 것 같다. 꾸준히 할 수만 있다면, 내가 나누는 만큼 채워지는 것들이 많다. 나를 돌아보는 계기가 되고, 배움의 시간이 되기도 한다. 그리고 내 용돈 정도는 직접 벌어 쓸 수도 있다. 이제는 내가 아끼는 후배들에게도 한 번씩 강의할 수 있는 기회를 주고 있다. 해보니깐 회사 생활과 삶에서 큰 동기 부여가 되기 때문이다. 지금 이 순간에도 내가 모르는 무수한 강의 기회가 있을지 모른다. 눈 부릅뜨고 잘 보면 언젠가 강의할 수 있는 기회가 생길지 아무도 모르는 일이다.

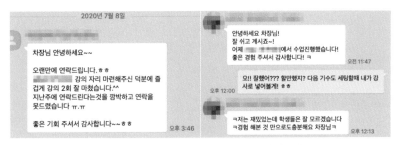

최근에 강의 기회를 준 후배들로부터 받은 감사 인사

[강의가 가능한 플랫폼 TIP]

강의에 관심이 있다면 일단 내가 지금 하고 있는 업무와 관련된 것부터 해보길 권한다. 그리고 외부에서 강사로 섭외될 때까지 하염없이 기다릴 수는 없으니, 다양한 온라인 강의 플랫폼을 활용하면 좋다. 마케팅이든, 회계든, 영업이든 수년 동안 해왔던 업무는 내가 제일 잘 아는 분야이기 때문에 전문적인 지식과 경험 그리고 노하우까지 강의에 필요한 모든 요소를 가지고 있다. 그래서 아무래도 다른 주제의 강의보다는 상대적으로 쉽게 시작해볼 수 있다. 아래는 내가 직접 사용해본 강의가 가능한 플랫폼이다. 이 외에도 많은 강의 플랫폼이 있으니 나와 맞는 플랫폼을 하나 선택해서 일단 해보자.

1. 코멘토(https://www.comento.kr/)

실무자들이 강의를 진행하는, 직무와 관련된 강의·멘토링 플랫폼이다. 사이트에 직무와 커리어 등을 올려놓으면 해당 직무에 멘토링이나 조언이 필요한 학생들과 매칭을 통해 자기소개서, 면접, 취업에 대해 강의할 수 있다. 주로 그룹 단위로 강의가 진행된다.

2. 잇다(https://www.itdaa.net/)

강의보다는 현직자 중심의 온라인 멘토링 플랫폼이다. 내 커리어를 보고 조언이 필요한 멘티가 질문을 남기면 멘토로서 업무와 관련된 조언과 아이디어를 공유할 수 있다. 역시 취업과 관련된 콘텐츠가 많다. 직접적인 강의 플랫폼은 아니지만 강의를 시작하기에 앞서 연습한다는 생각으로 멘토링을 해보면 나중에 강의하는 데 도움이 된다.

3. 아이토키(https://www.italki.com/)

글로벌 언어 강의 플랫폼이다. 앞에서 이야기한 와이프가 강의하고 있는 플랫폼이기도 하다. 전 세계 다양한 언어로 강의하는 현지인들을 만나볼 수 있으며, 기본적인 영어만 된다면 다양한 국적의 학생을 대상으로 한국어를 가르쳐볼 수도 있다. 한국어로만 강의하는 사람들도 많으니 너무 부담 갖지 않아도 된다.

4. 크몽(https://www.kmong.com/)

주로 '프리랜서'로 활동하는 전문직 종사자들이 활동하는 대표적인 재능 판매 플랫폼이다. 직접적인 강의 플랫폼은 아니지만 내가 다른 누군가에게 도움이 될 만한 재능이 있다면 활용해볼 만한 플랫폼이다. 매칭이 이뤄지지 않으면 발생하는 수입도 수수료도 없기 때문에 일단 시작하는 데 있어서 허들이 낮다.

03
~~~

아무것도 모르던 부동산 재테크로 조금 벌었습니다

얼마 전 친구 어머님 부고 소식에 오랜만에 불알친구들이 다 모였다. 이제 막 마흔을 넘긴 아저씨들의 이야깃거리는 늘 비슷한데, 언제나 최대 관심사는 단연코 '집'이다. 최근에 성남에 분양받은 친구의 아파트가 순식간에 3~4억의 피가 붙었다는 이야기는 많은 친구의 부러움을 사기도 했다. 모두가 축하해주고 함께 기뻐했지만 아직 집을 장만하지 못한 친구들의 표정에서 스쳐 지나가는 씁쓸함이 보이는 건 괜한 내 기분 탓일까. 불과 10년 전만 하더라도 우리는 모두 비슷한 선상에 있었다. 대부분 직장 생활 4~5년 차의 직장인이었고, 연봉의 차이는 있을지언정 그것을 자산이라고 부르기엔 그 수준이 미미했다. 근데 10년이 지난 지금은 각자 보유하고 있는 자산의 크기가 눈에 띄게 달라졌다. 누군가는 벌써 강남에서 20억대 부동산을 가지고 있고, 누군가는 아직 전세를 벗어나지 못한 채 10년 전과 크게 다르지 않게 살고 있다. 무엇이 이런 차이를 만들었을까. 많은 이유가 있겠지만 그중 가장 큰 이유는 바로 부동산에 대한 관심이다. 나나 내 친구들 모두 부동산에 얼마나 관심을 가지고 있느냐에 따라 그 자산의 결괏값이 크게 차이가 났다. 그도 그럴 것이 내 또래에서 보통 자산이라고 부를 수 있는 것의 80~90%는 부동산이 차지하고 있기 때문이다. 누가 먼저 부동산의 몸집을 키우느냐가 곧 자산의 크기와 직결될 수밖에 없다. 대부분 가진 게 집 한 채뿐인 급여 생활자들이지만, 부동산의 가치로 비교되는 자산의 크기가 미래에 대한 불안에 반비례하는 건 냉정한 현실이다.

강남 한복판에 살고 있는 한 친구는 우리 중에서 가장 먼저 부동산에 관심을 가졌다. 결혼 후 강북에 자리를 잡고 살다가 아이가 태어나고 나서 강남 3구 중 하나로 이사했다는 소식을 들었다. 금융권 맞벌이로 친구들보다 경제적으로 여유 있게 살던 친구였는데, 굳이 큰 금액의 대출까지 받아 가며 강남으로 이사한 게 당시 우리들로서는 잘 이해가 되지 않았다.

(친구들) "야, 강남이라고 뭐 다르냐? 그리고 집값 곧 폭락할지도 모른다는데, 너무 무리하는 거 아니야? 내가 너라면 굳이 대출금 꼬박꼬박 갚아가면서 사느니 지금 사는 데서 그냥 여유롭게 살겠다. 지금도 충분히 좋은 동네잖아."

(강남 사는 친구) "나도 처음에는 그렇게 생각했지. 근데, 니들도 알다시피 와이프가 강남에서 자랐잖아. 아이들 교육도 교육이고, 인프라나 미래 가치가 확실히 다르다더라. 나도 처음에는 대출 갚아나갈 생각에 반대했는데, 좀 공

부하고 알아보니 일리가 있더라고. 최소한 집값이 떨
어지진 않을 거 같아."

(친구들) "그래? 나중에 한번 보자고. 암튼 일단 강남 입성 축하하고,
그 기념으로 한턱 쏴."

(강남 사는 친구) "한턱은 무슨. 니들이 대출금 갚느라 등골이 휘어지
는 나의 고통을 알 리가 없지."

당시 그 친구는 우리들의 걱정 반, 농담 반 앞에 부동산의 미래 가치에
대한 확신을 가지고 있었다. 그때도 이미 충분히 고가였던 강남의 집값은
그 친구의 예측과 바람대로 더 가파르게 올랐고, 이제는 모두의 부러움을
사는 부동산을 보유하고 있다. 그때 우리가 그 친구의 결정에 그냥 안타까
워하고 걱정하는 것이 아니라 왜 그런 결정을 했는지, 어떤 이유가 있는지
등 그 배경에 더 많은 관심을 가졌더라면 어땠을까. 그랬더라면 혹시라도
우리 중 누군가는 지금쯤 강남에 부동산 한 채 가지고 있을지도 모르는 일
이다.

내가 부동산에 본격적으로 관심을 가지기 시작한 게 이쯤이었다. 그 전
까지만 하더라도 나에게 부동산은 사는 공간 이상의 그 어떤 의미도 없었
기에 부동산을 통해서 재테크를 한다는 건 단 한 번도 생각해본 적이 없었
다. 특히, 1원 한 장 빚지는 걸 싫어해서 카드값조차도 그때그때 바로 갚아
버리는데, 적어도 수천만 원을 은행으로부터 빌려야 가능한 부동산을 재
테크 수단으로 생각하는 건 내 사전에 있을 수 없는 일이었다. 하지만 그때

나는 한창 회사 생활의 한계를 느끼고 회사 밖에서 다양한 일탈을 하고 있었고, 아이가 자라나는 모습을 보며 부모로서 지속가능한 책임에 관해 고민하던 시기였다. 무엇보다 그쯤에 우리 부부는 점점 내려가는 은행 금리를 보며 더 이상 예금이나 적금을 통해서 재테크를 하는 데 한계가 있다고 느꼈다. 미래를 위해 투자할 수 있다면 부동산도 더 이상 예외로 둘 이유가 없었다. 부동산이라는 대상을 어떤 관점에서 바라보고 접근하느냐에 따라 자산의 크기가 오랫동안 그대로일 수도 있고, 반대로 배가 될 수도 있는 현실에 눈을 뜨게 되었다. 그리고 그 고민 끝에 회사 밖에서 일탈을 통해 돈을 벌어야겠다고 마음을 먹었다. 나는 부동산에 대해서 공부하기 시작했다.

책을 좋아해서 시간이 나면 한 번씩 서점에서 들러 어떤 신간들이 나왔는지 둘러본다. 서점에 갈 때마다 매번 책을 사는 건 아니지만 굳이 책을 사지 않더라도 가판에 깔린 신간을 한번 훑어보거나 서서 책을 읽는 사람들의 손에 쥐어진 책 제목을 보는 것만으로도 어떻게 사람들의 관심이 바뀌고 있는지 알 수 있어서 습관처럼 서점에 들른다. 그렇게 서점을 배회할 때 늘 그냥 지나쳤던 코너가 바로 '재테크'였다. 당장 월급쟁이로 먹고사는 데 큰 지장이 없고, 재테크를 하자니 거의 백지상태인 머릿속에 새로운 지식을 하나씩 채워 넣는 것도 귀찮아서 재테크 코너는 늘 지나쳤다. 하지만 부동산 재테크를 통해서 돈을 벌어야겠다는 생각에 '재테크'와 관련된 책이 깔린 가판대 앞에 서서 많은 시간을 보냈다. 퇴근해서도 서점에 들르고, 외근 중에도 시간이 나면 근처 서점에 들렀다. 부동산 복비가 얼마인지도 몰랐던 부.알.못(부동산 알지도 못하는)인 내가 서점을 들락거리면서 이 책 저 책을 무작정 보기 시작했다. 누군가의 노하우를 간접적으로 경험하기에는 책만 한 게 없다고 생각했다. 처음 보는 부동산 용어들이 낯설었지만 이 책 저 책 보다가 보니 용어도 제법 익숙해지고 나름 재미도 있었다. 또, 비슷한 제목이라도 시장을 바라보는 시각과 투자하는 방법이 천차만별이라는 것도 어렴풋이 알게 되었다. 그렇게 여러 종류의 책을 읽어가며 부동산 재테크에 참고할 만한 책을 한 권 골랐는데, 《나는 부동산과 맞벌이한다》라는 제목의 책이었다. 책을 고른 이유는 단순했다. 저자가 경제적 자유까지는 아니지만 경제적 여유를 꿈꾸던 나 같은 평범한 직장인이라는 데 큰 동질감을 느꼈다. 그리고 책 표지의 문구가 눈에 띄었다. "배우자에게 '힘들면, 회사 그만둬!'라고 당당하게 말하고 싶은 모든 직장인에게"라고 적혀 있는 문구가 왠지 깊게 와닿았다. 그렇게 나는 와이프가 아닌 부동산과의 맞벌이를 꿈꾸며, 부동산에 빠져들었다.

책을 몇 차례 정독하고도 해소되지 않는 궁금증이 하나씩 생겨났다. 책에서 다루고 있지 않은 예외 사항이 내 현실에 꽤 많이 있었는데, 이것들에 대해서 누구 하나 속 시원하게 대답해주는 사람이 없었다. 궁금증을 해결하기 위해 부동산 카페에 가입해서 궁금한 것에 대한 답을 찾기 시작했다. 내가 가지고 있는 청약통장의 경쟁력에 대한 평가, 대출 조건에 대한 조언 등 카페에서 활동하는 재야의 고수들로부터 다양한 조언을 구했다. 카페에서 좀 활동하다 보니, 소위 카페를 이끌어 가는 주축 회원 상당수가 오프라인 모임을 통해서 교류하고 있다는 걸 알게 되었다. 그리고 개중에는 이미 부동산 투자를 통해 의미 있는 결과를 만든 고수라고 불리는 사람도 적지 않았다. 비슷한 꿈을 가진 평범한 사람들이 공부하고 의견을 나누면서 부동산을 통해 조금씩 부를 축적해가는 모습이 상당히 자극적이었다. 나도 조만간 그렇게 할 수 있을 것만 같았다. 카페에 있는 각종 부동산 재테크 후기와 다양한 부동산 정보를 몇 개월 동안 훑어보면서 내가 필요한 것들을 습득하려고 열을 올렸다.

출퇴근길에 차창 밖으로 보이는 빼곡한 집들을 보면서 '저 집은 얼마나 할까?', '교통은 편할까?', '근처에 학교는 있을까?', '저 집은 뷰가 좋을까?', '다른 호재는 없을까?'와 같은 질문이 그치질 않았다. 퇴근 후에는 아이를 재우고 밤마다 컴퓨터 앞에 앉아서 출퇴근길에 궁금했던 동네나 집들을 대상으로 온라인 임장(臨場: 어떤 일이나 문제가 일어난 현장에 나옴)이라는 행위를 반복했다. 그렇게 몇 개월을 해보니 자신감도 붙었고 마침 계속 보고 있던 동네가 있어서 한번 실행에 옮겨보고 싶었다. 당장이라도 부동산에 달려가 원하는 매물을 찾고 계약만 하면 집값이 껑충 뛸 것 같았지만, 책상에 앉아서 하는 부동산 공부와 직접적인 투자를 위한 공부는 분명 달랐다. 책이나 온라인으로 공유되는 정보를 많이 접하기는 했으나, 막상 부동산에 투자하겠다고 마음먹으니 그중에 내가 필요한 정보가 무엇인지 걸러낼 수가 없었다. 혹시나 내가 잘못된 정보를 가지고 어처구니없는 투자를 할까 봐 두려웠다. 그런 두려움 앞에 나의 경험이 부족함을 절실히 느꼈다. 실전 투자를 위한 기술과 노하우가 필요했고, 누군가 옆에서 할 수 있다고 용기를 주고 방향을 잡아주면 좋겠다 싶었다. 그래서 이 바닥에서 꽤나 이름 있는 재야 고수들의 오프라인 강의를 듣기 시작했다. 모집 공고가 뜨기 무섭게 순식간에 마감되는 강의를 듣기 위해 하루 전부터 준비했고, 모집 공고가 뜨자마자 광클릭을 통해서 아슬아슬하게 순위권에 들 수 있었다.

그때부터 한 달간의 실전 투자 강의가 시작됐다. 지금까지 책으로는 알 수 없었던 부동산에 대한 신세계가 열리는 느낌이었다. 특히 평일 저녁에 진행되는 강의임에도 지방에서 올라와 함께 수업을 듣는 사람들을 보면서 자극이 많이 됐는데, 정말 치열하게 준비하는 그들의 모습에서 오감을 넘어 육감을 늘 세우고 있어야겠다는 생각이 들었다. 강의가 끝나면 다음 강의까지 제출해야 하는 강제성 없는 과제가 있었는데, 매일 퇴근 후 늦은 시간까지 과제를 하면서 스스로 성장하고 있다고 느꼈다. 한 달이라는 시간이 길지는 않았지만 나는 강의를 통해서 확실히 '부동산 투자는 이렇게 하는 거구나.'라는 감을 잡았고, 그간에 공부하면서 머릿속에 산발적으로 흩어져 있던 정보들이 하나로 묶이는 느낌을 받았다. 나중에 투자를 끝내고 돌이켜 보니, 나처럼 부동산에 '부'자도 모르는 초짜의 경우 오프라인에서 고수들의 노하우를 듣고 안 듣고의 차이가 실전에서 큰 영향을 주겠다는 생각을 잠시 하기도 했다. 비록 시간이 많이 흘러서 오늘의 부동산 시장과는 많이 다르지만, 지금도 당시 수업했던 자료와 과제를 꺼내 보면서 그때의 열정을 떠올리기도 한다.

안녕하세요 ▩▩ ▩▩▩▩입니다.
어제 기다리고 기다리던 ▩▩▩▩ 1주차 강의에 다녀왔습니다.

결론부터 말씀드리면...부동산은 돈있는 사람, 자격증있는 사람들만하는
진입장벽이 매우 높은 카테고리가 아니라는 사실을 확인할 수 있었던 강의였습니다.

관심만 있으면 누구나 할 수 있으며, 함께하면 더 잘할 수 있겠다라는 생각이 들었습니다.
'나도 할 수 있겠다'라는 자신감을 얻은 1주차 총평이었습니다.

물론, 지금부터 차근차근 해나가야겠지요...^^
강의와 관련해서는 다른 동기분들이 작성하셨으니 저는 생략하겠습니다.

같은 관심사를 가진 사람들이 함께 모여서 꿈을 향해 첫발을 내딛는
어제의 같은 시간과 공간이 제게는 너무 자극적이었습니다.

더 많은 분들과 인사나누고 함께 꿈을 공유해야겠네요!!

오프라인 부동산 첫 강의를 듣고 카페에 남겼던 강의 후기

그렇게 부동산에 투자하기로 마음먹고 나름의 준비를 마쳤다. 책도 보고, 강의도 듣고, 내 상황에 맞는 투자 기준도 세웠다. 이제 본격적으로 내가 세운 기준에 부합하는 매물을 현장에서 찾기만 하면 쉽게 끝날 거라고 생각했다. 근데 생각했던 것과는 다르게 매물을 찾는 게 너무 힘들었다. 가장 큰 이유는 나에게 알짜배기 매물을 보여주는 부동산 사장님이 없었다. 다짜고짜 부동산에 들어가서 "사장님, 이런저런 물건 찾고 있는데 괜찮은 거 있어요?"라고 물어보면 관심 있는 척은 하지만 그냥 인터넷에 올려놓은 뻔한 매물을 보여줄 뿐이었다. 부동산 사장님들은 내게 본인들이 가

지고 있는 진짜 좋은 매물을 보여주지 않았다. 강의를 들을 때 부동산 사장님들을 내 편으로 만들어야 제대로 된 투자를 할 수 있다고 못이 박히도록 들었는데, 급한 마음에 아이스브레이킹을 생략한 것이 아까운 시간만 낭비하게 만들었다. 다시 부동산 사장님들과 친해질 수 있는 전략을 세우기로 했다. 먼저, 타깃으로 하는 매물이 있는 동네의 부동산을 모두 리스트업하고 한 번씩 다 둘러보기로 했다. 그리고 그중에 내가 던지는 몇 마디에도 리액션을 가장 잘해주는(케미가 잘 맞는) 부동산 사장님을 찾기로 했다. 그렇게 부동산 한 곳을 뚫고 나면 그 부동산에 매일매일 출근 도장을 찍고 10분이라도 앉아있기로 했다.

그렇게 그 동네 부동산을 다 돌아보니 한 곳이 나랑 잘 맞겠다는 생각이 들었다. 그 부동산 사장님은 그 동네에 실제로 사시면서 아이들을 다 키우셨고, 동네 아줌마들 네트워크가 탄탄했기 때문에 그 동네 부동산에 대해서는 누구보다 전문가였다. 그리고 무엇보다 나같이 숫기 없는 아저씨의 실없는 이야기에도 맞장구를 잘 쳐줘서 말하기가 한결 수월했다. 그 뒤로 퇴근하는 길에 매일매일 부동산에 들렀다. 이야깃거리가 없어도 꼭 들러서 아이들 키우는 이야기, 세상 돌아가는 이야기, 부동산 이야기 등 다양한 이야기를 나누며 부동산에서 시간을 보냈다. 처음에는 뻘쭘해서 10분 앉아있는 것도 힘들었지만 갈수록 그 자리에 앉아있는 게 어렵지 않게 되었고, 길게는 2시간씩 앉아있기도 했다. 나중에는 부동산에 앉아있는 게 너무 편해지다 보니, 사장님이 손님과 집을 보러 나가면 내가 대신 손님을 맞을 정도였다. 그렇게 그 공간이 편해지다 보니 회사에서 빨리 퇴근 시간이 오기만을 계속 기다리게 되었다. 부동산에 앉아있다가 손님이 오면 그 손님의 이야기도 들어보고, 괜한 내가 아는 선에서 추임새도 한 번씩 넣고 대화를 주도하기도 했다. 어느 정도 부동산 사장님과 친분이 쌓였다고 생각했지만, 이때까지도 부동산 사장님은 말로는 젊은 사람이 부지런하고 열심히 산다며 대견해하면서도 실제로는 알짜 매물을 한 번도 보여주지 않았다. 역시 추천해주는 매물은 늘 그저 그런 가격의 매물뿐이었다. 그러던 어느 날 여느 때처럼 퇴근길에 부동산에 가려고 회사에서 나왔는데, 갑자기 엄청난 양의 비가 쏟아지기 시작했다. 우산 쓰고 잠깐 걷기만 해도 옷이 다 젖을 정도의 비였다. 순간 배도 고프고 날도 어두컴컴해서 하루는 쉴까 하는 생각이 들었지만 운명이라면 운명일까 왠지 그날도 꼭 부동산에 가야만 할 것 같은 기분이 들었다. 뭐랄까 로또를 살 때 지금 여기서 로또를 사지 않으면 나의 1등 당첨금을 다른 사람에게 뺏길 것 같은 그런 기분이었다.

(나) "사장님, 안녕하세요. 오늘은 비가 엄청 오네요. 물 한 잔만 마실게요."

(부동산 사장님) "아이고, 뭐 볼 거 있다고 오늘 같은 날도 오고 그래요. 오늘은 비도 오고 손님도 없어서 빨리 닫으려고 했는데. 대단하다 진짜."

(나) "어차피 저는 집에 가는 길인데요, 뭐. 가는 길에 물 한 잔 먹고 쉬어가면 좋잖아요. 하하. 근데, 오늘은 새로 나온 집 없어요?"

(부동산 사장님) "이 집 주인이 따로 있긴 하나 보네. 30분 전에 그 아
파트 주인분이 직접 오셔서 내놓고 가신 거 있는데 한
번 볼래요? 잘 나왔어. 돈 있으면 내가 사고 싶네."
(나) "진짜요? 어디에요 사장님? 저 무조건 볼래요!"

부동산 사장님이 내놓은 매물은 지금까지 보여줬던 매물과 비교했을 때
가격이 싸거나 하지는 않았지만, 대단지 내 수요가 가장 많은 소형 평수로
로열층에 수리도 완벽하게 되어있는 물건이었다. 같은 물건을 몇 개월 동
안 계속 봐왔기 때문에 듣기만 해도 이 물건이 경쟁력이 있는지 없는지 정
도는 충분히 파악할 수 있었다. 내가 원하는 조건의 매물이었다. 당일 저녁
8시 30분에 사장님을 졸라서 그 매물을 직접 확인했고, 다음 날 아침에 부
동산 문 열자마자 달려가서 가계약을 완료했다. 그리고 며칠 뒤 대출, 잔
금, 등기까지 완벽하게 마무리했다. 부동산 강의를 들을 때 부동산 고수가
그런 말을 했다. 남들이 귀찮아서 부동산에 가지 않는 더운 날, 추운 날, 비
오는 날, 놀러 가고 싶은 날에 부동산에 가면 좋은 매물을 만날 확률이 크
다고. 내가 만약 그날 폭우 속에 부동산을 들르지 않았더라면, 나는 지금까
지도 매물을 찾지 못했을지 모른다. 부동산에 관심을 가지고, 부지런하게
공부하고, 꾸준히 현장을 돌아다니며 목표로 했던 첫 부동산 재테크는 그
렇게 마무리되었다. 운이 좋게도 그 이후로 매수한 부동산 가치가 조금 올
라갔고 덕분에 아직 한참 남은 대출금을 기분 좋게 갚아나가고 있다.

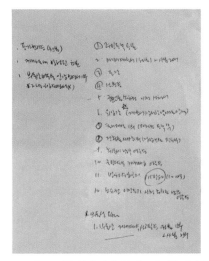

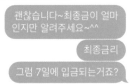

대출 심사승인 났습니다~근데 지금 기준금리가 조금씩 오르고있어서 저번에 상담했었던 금리보다는 조금 높게 나갈거같아요ㅠ

괜찮습니다~최종금이 얼마인지만 알려주세요~^^

최종금리

그럼 7일에 입금되는거죠?

네 7일에 입금됩니다. 오늘 현재로 금리는 2.40%인데 실행되는 날짜기준으로 기준금리가 적용되서 7일에 최종금리가 나오면 2.40%에서 +-0.1% 될것같습니다.

셀프 등기를 위해 적어놓은 메모와 발품 팔아 찾은 대출 상품을 위해 담당자와 주고받은 문자

나도 내가 부동산으로 재테크를 할 줄은 몰랐다. 회사에서 벌 수 있는 돈과 회사에서 할 수 있는 일에 대한 한계를 깨닫고 시작했던 일탈이 부동산 재테크까지 이어질 줄은 진짜 꿈에도 생각하지 못했다. 그냥 그때그때 내가 하고 싶은 일을 찾고 그 일을 재미있게 하려고 했을 뿐이었다. 물론 부동산 재테크 같은 경우에는 철저하게 회사 밖에서 돈을 벌겠다는 목표를 세워놓고 했던 일탈이다. 그럼에도 그 과정에서 스트레스를 받지 않고 오히려 새롭게 배우는 즐거움과 또 무언가를 해냈다는 성취감을 얻었다. 만약 내가 월급만 바라보고 열심히 회사에 다니는 직장인이라면 어땠을까?

아직도 미래에 대한 불안함과 가족들에 대한 책임감으로 어깨가 무겁지만, 부동산 재테크를 통해서 아주 조금 짐을 덜었다. 만약 '부동산 재테크는 돈 있는 사람들이나 하는 거야.'라고 생각하고 포기해버렸다면, 그 기회비용을 누가 보상해줄 수 있을까? 그런 사람과 회사는 세상 어디에도 없다. 나는 회사 밖에서 더 큰 기회와 더 큰 재미와 더 큰 행복이 있다고 믿는다. 무심코 지나쳤을 그런 기회가 오늘도 내 옆을 지나가고 있을지 모른다.

요즘 사회 전반적으로 부동산과 관련된 논쟁이 뜨겁다. 그런 논쟁과는 별개로 부동산에 대한 기본적인 이해와 공부는 살아가는 데 큰 도움이 된다. 마흔 살이라면 투자가 아니더라도 꼭 부동산에 대한 공부는 한 번쯤 하고 넘어가길 바란다.

[부.알.못을 위한 부동산 재테크 준비과정 TIP]

1. 나의 투자 성향과 재무 상태가 비슷한 저자의 책을 찾아 읽는다.

일단 최대한 나와 비슷한 사람의 부동산 재테크 후기를 찾으면 쉽게 공감할 수 있다. 공감이 되면 그 뒤로 몰입하는 건 더 쉽다. 맹목적으로 따라하라는 이야기는 아니지만, 본인이 생각하는 투자의 큰 기준을 잡아가는 데 도움이 된다. 블로그나 유튜브 등도 있지만 책에 비해서 휘발성도 강하고 난이도가 천차만별이니 이왕이면 책으로 시작하길 권한다.

2. 다양한 정보를 습득하기 위한 부동산 카페에 가입한다.

책으로 해결되지 않는 것들이 분명히 생긴다. 그럴 때는 활발하게 운영되는 부동산 카페에 가입하면 도움이 된다. 간혹 투자 상품을 팔거나 컨설팅을 목적으로 운영되는 카페도 있으니, 이왕이면 오래되고 회원 수가 많은 카페에서 활동하길 권한다. 요새는 전문가들이 운영하는 유튜브 채널도 많으니 가끔 참고하면 좋다.

3. 부동산 재테크 강의를 듣는다.

어느 정도 기본을 익히고 나서, 실전 투자를 위해 도움이 필요하다고 느낀다면 강의를 추천한다. 속성으로 타인의 노하우를 배우는 데 강의만 한 게 없다. 역시 유명한 부동산 카페를 통해서 운영되는 다양한 커리큘럼이 있다. 정기적인 강의가 아니더라도, 부동산 시장의 흐름을 예측하는 특강들도 종종 있으니 한 번쯤 들어보면 분명 도움이 된다.

4. 부동산 재테크를 위한 나만의 기준을 만든다.

기본적인 지식을 쌓고 투자에 대한 용기와 준비가 생겼다면, 나만의 기준을 만들어야 한다. 기준이 없으면 배가 산으로 간다. 나 같은 경우 다섯 가지 투자 기준을 가지고 있었는데, 다섯 번째 기준이 **'1~4번 기준을 충족하는 집만 찾자.'**였다. 큰돈이 들어가는 재테크이기 때문에 최대한 신중하고 기준에 맞는 투자를 해야 한다.

04
매달 받는 인세로
커피를 사 먹고 있어요

2018년 겨울에 책 한 권을 냈다. 취업 강의를 다니면서 학생들이 궁금
해하는 내용을 엮은 에세이다. 수년간 강의를 나가다 보니 학생들이 궁금
해하는 내용은 거의 비슷했다. 그래서 내 커리어를 한번 돌아보는 시간을
가지고 싶었고, 학생들의 질문에 대한 답을 내 이야기를 빌려서 해보고 싶
었다. 책과 글을 좋아하는 사람들의 로망이 모두 그러하듯 나도 다르지 않
았다. 타이밍의 문제일 뿐 언젠가 꼭 한번 책을 써야겠다는 생각을 늘 가지
고 있었다. 그래서 시간이 날 때 틈틈이 짧은 글을 쓰고 있었고, 마음먹었
을 때 의지를 가지고 책을 한 권 내야겠다는 생각으로 글을 정리하기 시작
했다. 첫 책이니만큼 출간하는 날짜에도 작은 의미를 부여하고 싶어서 그
해 결혼기념일을 데드라인으로 정했다. 뭘 하든 늘 나의 결정을 응원하고
기회를 마다하지 않도록 용기를 주는 와이프에게 내 책을 선물하고 싶었
다. 글쓰기에 힘이 붙지 않을 때마다 '이 책을 깜짝 선물로 주면 와이프가

감동하겠지?'라고 생각하면서 펜을 다잡았다. 생각만으로도 기분이 좋아졌고 이미 작가가 된 것처럼 어깨에 힘이 들어갔다.

　이미 써놓은 글들이 있어서 조금만 정리하면 쉽게 끝날 것 같던 원고는 생각보다 진도가 나가질 않았다. 글을 쓰는 것도 쓰는 거지만 무엇보다 내 생각을 정리할 시간이 많이 필요했다. 나 혼자 끄적거리는 글쓰기라면 모르겠지만, 책은 독자가 있기에 책임감을 가져야만 했다. 누군가는 분명 내 책을 보고 취업하는 데 용기를 얻을 수도 있다는 생각에 허투루 쓸 수 없다. 그런 생각 때문에 '이렇게 쓸까? 저렇게 쓸까? 이 내용은 조금 어렵지 않을까?' 같은 오만가지 생각이 들다 보니 쉽게 정리되지 않았다. 하루에 글을 쓸 수 있는 시간은 정해져 있고 데드라인은 다가오다 보니 어쩔 수 없이 잠을 줄일 수밖에 없었다. 회사 가는 날에는 보통 5시 조금 넘으면 일어나서 회사 근처에서 운동을 하는데, 그 시간을 줄이기로 했다. 운동시간을 2시간에서 1시간으로 줄이고 회사 근처에서 따뜻한 아메리카노 한 잔으로 카페인을 보충하면서 생각들을 정리했다. 정리된 생각은 바로바로 글로 써 내려갔다. 출근길 차 안에서 그날 써야 하는 주제에 대한 글감을 떠올렸고, 러닝머신 위에서도 가쁜 숨을 내뱉으며 글감을 찾았다. 이른 아침 커피숍에서 회사 사람들이라도 마주치는 날이면 내 글이 혹여 보일까 봐 노트북을 후다닥 덮어버리기 일쑤였다. 그만큼 내가 글을 쓰고 있다는 건 아무에게도 들키고 싶지 않았고, 실제로도 책이 나올 때까지 아는 사람은 거의 없었다. 어느 날 갑자기 책 한 권 세상에 툭 던져놓고 사람들에게 세상 쿨하게 이야기하고 싶었다.

"별거 아니야. 그냥 책 한 권 냈어."

매일 아침 출근 전에 글을 쓴다는 건 쉬운 일이 아니었다. 《오늘 밤은 굶고 자야지》의 박상영 작가는 등단한 이후에도 매일 아침 5시에 일어나 3년 동안 글을 쓰고 출근했다고 한다. '그에 비하면 나는 정말 아무것도 아니다.'라는 생각으로 아침마다 커피숍에 자리 잡고 앉았다. 나는 불과 3개월 남짓밖에 안 했는데도 어느 순간부터 정신이 몽롱해져 글이 나를 쓰는 건지 내가 글을 쓰는 건지 알 수가 없어지던데, 3년이라는 시간은 정말 대단하다는 말밖에 안 나온다. 책을 쓴다는 것은 보통의 의지로 되는 건 분명 아닌 것 같다. 그렇게 초여름에 시작한 원고는 계절이 한 번 바뀌고 가을의

매일 아침 이런 모습으로 커피숍에 앉아서 커피와 함께 글을 썼다

끝자락 즈음이 돼서야 마무리되었다. 약 8만 자의 초고를 완성했다. 어설프지만 책 한 권을 만들 수 있는 초고를 완성하고 나니 그렇게 뿌듯할 수가 없었다. 한 계절을 통째로 갈아 넣은 원고가 책이 되어 세상에 나올 거라고 생각하니 너무 설렜다.

책을 쓰기로 마음먹은 후부터 나는 원고만 있으면 출판사에서 계약하자고 득달같이 달려들 줄 알았다. 계획대로면 나의 원고에 관심 있는 출판사 중 한 곳을 골라 출판 계약을 맺은 다음, 교정교열과 북 디자인을 거쳐 국내 대형 서점 가판에 내 책이 깔려야 했다. 하지만 이 생각이 얼마나 터무니없는 건지 투고를 하면서 깨달았다. 출판사 투고를 위해 출간 기획서와 초고를 다듬었다. 내가 누구인지, 왜 이 책을 쓰게 됐는지, 누구에게 읽히기를 원하는지, 마케팅은 어떻게 하면 좋을지 등 충실하게 내용을 채웠다. 마케팅을 업으로 삼으면서 쌓아온 문서 작업이 이때 빛을 발하는가도 싶었다. 약 80개의 출판사에 메일을 보냈다. 마음 한구석에서는 '아무리 못해도 최소한 1곳은 연락 오겠지. 이렇게 좋은 원고를 놓칠 리가 없어.'라는 생각이 있었다. 내가 우선순위로 생각하고 있던 출판사 위주로 정성스럽게 장문의 글과 함께 메일을 보냈다. 여러 출판사에 한 번에 보내는 메일이라는 인식을 주지 않기 위해 출판사별로 맞춤형 메일을 보냈다. '○○○ 출판사에 원고 투고합니다.'라는 제목으로 시작해서 최근 출판사에서 출간했던 책들에 대한 언급과 더불어 왜 내가 다른 출판사도 아니고 이 출판사에 투고했는지에 대한 이유를 썼다. 하루에 10개 정도의 메일을 보냈는데, 일주일이 지나도 내 원고에 대해 긍정적으로 회신 오는 곳이 없었다. 슬슬 초조해지기 시작했다.

투고에 대한 출판사의 반응은 크게 세 가지다. 투고를 하자마자 답이 오는 출판사, 아예 메일을 읽지 않는 출판사 그리고 메일을 확인했는데도 답이 없는 출판사다. 투고한 80개의 출판사 중 대부분은 답이 없었고, 나중에는 거절메일을 보내준 출판사에 감사한 마음이 들 정도였다. 그나마 딱 한 군데서 시장성이 작아 기획 출판(출판사에서 모든 비용을 부담하는)은 어렵지만 원고가 신선해서 반 기획 출판(출판사와 저자가 비용을 나눠서 부담하는 방식)을 해보자는 제의를 받았을 뿐, 내 원고는 전부 외면당했다. 대부분 말을 맞춘 것처럼 "옥고는 훌륭하나, 출판사의 제작 방향과 맞지 않아…"라는 식의 거절이었다. 결국 출판 계약은 실패했다. 나중에 다시 책을 쓰게 된다면 반드시 시장성과 제작 방향을 고려해서 출판사의 코를 납작하게 만들고 싶었다. 아쉬웠다. 그렇지만 출판사가 땅 파먹고 사는 것도 아니고 점점 열악해지는 출판 시장을 고려하면 아무 책이나 출간할 수 없는 건 어쩌면 당연하겠다는 생각이 들었다. 내가 봐도 내 원고가 신선할지는 몰라도 분명 대중적인 주제는 아니기 때문에 수요가 많지 않은 건 확실했다.

안녕하세요. ▨▨▨▨ 다.
보내주신 원고 ▨▨▨▨ ▨▨▨▨, 검토 결과를 안내드립니다.

먼저 저희 출판사에 관심 가져주시고 귀한 원고를 보내주셔서 감사합니다.
편집부에서 선생님의 원고를 논의해본 결과,
출간 방향과 형편상 저희 쪽에서 진행하기 어렵다는 판단입니다.

좋은 소식 알려드리지 못해 죄송하다는 말씀드리며
더 좋은 인연으로 다시 뵙길 기대하겠습니다.

다시 한 번 소중한 원고를 **투고**해주셔서 진심으로 감사의 말씀 올립니다.

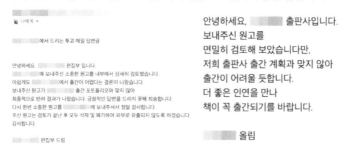

안녕하세요, ▨▨▨▨ 출판사입니다.
보내주신 원고를
면밀히 검토해 보았습니다만,
저희 출판사 출간 계획과 맞지 않아
출간이 어려울 듯합니다.
더 좋은 인연을 만나
책이 꼭 출간되기를 바랍니다.

▨▨▨ 올림

투고 후, 수많은 출판사로부터 받은 출간 거절 메일

출판 계약이 어그러졌다고 가만히 오지 않는 메일만 기다리고 있을 수
는 없었다. 경험상 방법은 찾으면 최선은 아니더라도 차선은 늘 있기 마련
이다. 그래서 일단 내가 비용을 전부 다 부담하고 출판하는 자비 출판과 메
일로 제안받은 반 기획 출판 방식을 검토하기 시작했다. 어떤 방식을 택하

더라도 생각보다 적게는 수백만 원은 들어가야 해서 두 방식 모두 포기했다. 그냥 단순하게 글 쓰는 걸 좋아해서 책 한 번 내보겠다고 시작한 일에 큰 비용을 들이고 나면 나중에 나의 기대치가 높아져서 스트레스를 받을 것 같았다. '이 돈을 내고 책을 출간했으니, 최소한 이 정도는 벌어야 하지 않겠어?', '왜 책이 안 팔리지? 돈을 쓰더라도 마케팅을 조금 더 해봐야 하나?' 이런 욕심들이 생길 것 같아서 깔끔하게 포기하고 돈을 들이지 않거나 최소한의 비용으로 소량 출간할 수 있는 방법을 찾다가 'POD 출판'이라는 걸 알게 되었다. POD란 Publish on Demand의 약자로 출판사가 저자의 원고를 받아서 구매자의 요구가 있을 때마다 책을 인쇄해서 출판하는 방식이다. 인세를 나누는 방식도 생각보다 합리적이었다. 출판사 입장에서는 재고의 부담이 없고, 작가 입장에서는 돈을 들이지 않고 출판할 수 있다는 장점이 있다. 이거다 싶었다. 애초에 책을 써서 돈을 벌려고 했던 것도 아니었고, 나의 커리어를 한 번 정리하는 동시에 취업 준비생들에게 현실적인 조언을 해주는 보조 수단 정도로 생각했기에 출판만 할 수 있다면 그 목적을 달성하는 거였다.

POD 출판이 가능한 곳을 찾기 시작했고, 나는 가장 활발하게 POD 출판을 하는 부크크(bookk)라는 플랫폼에 원고를 등록했다. POD 출판은 돈 안 들이고 출판할 수 있다는 장점이 있는 대신, 출판에 필요한 모든 사전 작업과 출간된 이후에 마케팅을 스스로 해야 하는 어려움이 있다. 특히 교정 교열, 윤문, 북 디자인 등을 직접 해야 하는데 부크크에서 제공하는 기본 사양은 말 그대로 기본이기에 썩 매력적이진 않았다. 그래서 나는 교정 교열은 온라인 맞춤법 검사 사이트를 통해서 직접하고, 어색한 비문 수정과 책 표지 디자인은 그 분야에 재능이 있는 친한 친구들에게 부탁을 해서 완성했다. 조금 돌아오긴 했지만 주변 사람들의 도움으로 온전하게 내 책을 완성하고 나니 짜릿했다. 중간에 출판사로부터 거절 메일을 받았을 때 '이런 주제로는 출판이 어려운가 보다.'라고 생각하지 않고 또 다른 방법을 찾아서 출판에 성공한 나 자신이 자랑스러웠다.

　책을 출간한 이후로 매달 부크크로부터 인세를 정산받는다. 출판사와 계약을 한 게 아니라서 마케팅이나 홍보 활동이 전혀 이루어지지 않았기 때문에 많은 책이 팔리진 않는다. 출간한 지 19개월 동안 225권이 팔렸고, 현재까지 발생한 인세가 약 50만 원이다. 한 달에 약 12권의 책을 팔아서 2만 7천 원을 인세로 받은 꼴이다. 매주 한두 번 정도 커피를 사 먹는걸 감안하면 딱 커피값 정도 벌고 있는 셈이다. 내 책이 베스트셀러는 아니지만 이 책을 통해서 나는 꽤 많은 걸 얻었다. 먼저 내 이름이 박힌 내 책이 생겼다는 거다. 포털 사이트에서 책을 검색하면 책이 나오고 저자로 내 이름이 뜬다. 한 번씩 작가라고 불릴 때면 멋쩍기도 하지만 기분은 좋다. 또 하나는 꾸준히 내가 먹는 커피값 정도의 인세를 받고 있다는 거다. 그래봤자 몇천 원 내고 사 먹을 수 있는 커피겠지만, 내 책을 팔아서 그 돈으로 커피를 마시고 있다고 생각하면 커피가 그냥 단순히 커피로만 느껴지진 않는다. 마지막으로 내 책을 읽고 생각보다 많은 학생이 나에게 조언을 구한다. 취업 준비 과정에서 어디서도 구하지 못했던 답을 내 책을 통해서 얻었고, 할 수 있다는 용기를 얻었다는 감사의 메일을 보내온다. 또 책을 읽고 미처 해소되지 않은 질문을 보내올 때도 있다. 중학생부터 대학생까지 연령대도 다양하다. 이런 메일을 받을 때마다 책 내길 참 잘했다는 생각이 든다. 얼마 전에도 강원도 평창에 사는 고3 학생으로부터 메일을 받았다. 내 책을 통해서 꿈을 좇는 학생들에게 내가 할 수 있는 선에서 최대한 솔직하게 조언을 해준다. 어린 학생들과의 소통을 통해서 나 또한 배우는 것이 많다. 책한 권 내고 내가 얻어가는 게 의외로 많다.

새로운 일에 선뜻 나서서 시작하기를 어려워하는 첫째 아이에게 내가 자주 하는 말이 있다. "처음부터 잘하는 사람은 없어. 아빠도 뭘 할 때 잘하지 못할까 봐 무섭거든. 하지만 처음만 그래. 두 번째 세 번째부터는 점점 무섭지 않고 쉬워질 거야." 딸아이에게 하는 말이지만 사실 나에게 하는 말이기도 하다. 내가 책을 쓰기로 마음먹고 실행에 옮길 때까지 수많은 생각의 장애물이 있었다. '나처럼 글재주 없는 사람이 책을 써도 되나?', '해보고 싶은데 책 쓸 시간이 부족하지는 않을까?', '책을 썼는데 아무도 안 보면 어떻게 하지?' 등 정말 많은 생각이 나를 붙잡았다. 이런 부정적인 생각에 잠시 도전을 망설였지만, 결국엔 나를 실행에 옮기게 만든 건 '지금이 아니면 안 된다.'라는 생각 하나다. 물론 지금이 아니라 잠시 미뤄뒀다가 나중에 할 수도 있다. 하지만 **지금 하고 싶은 일의 가치와 기약 없는 먼 훗날 하고 싶은 일의 가치의 크기는 다르다.** 내가 간절히 하고 싶다는 생각이 최고조에 있을 때 성취감이 가장 크다. 그래서 뭐든 시작해보려는 의지가 중요하다. 왜 안 될까를 고민하지 말고 어떻게 할 수 있을까부터 생각하면 방법은 분명히 어딘가에 있다. 목적지까지 어떤 길로 가느냐의 차이일 뿐이다.

정산확정액 07월 첫주(3 영업일 이내)업데이트 됩니다.

정산 전입니다.

예정액(7월)의 판매수익금, 6월 외부유통 수익이 제외된 지급 가능한 수익금)은 매월 초에 계산
매월 총수 수익자에게 일괄로 매월 15일(공휴일의 경우 다음 영업일)에 입금처리

총수익액	지급완료	보유 현재잔액	차월 정산예상액
497,400원	450,000원	47,400원	30,000원
부크크 서점, 외부 유통, 작가서비스 등 모든 수익금	이미 정산이 완료되어 이체 완료된 금액	2020년 07월 17일 17시 07분까지 현재까지의 잔액임으로 정산 기준일 이상의 금액이 남을 수 있습니다	차월 예상되는 정산예상액(정산일 기준 부크크 전월, 외부유통 전전월) 입니다. 인출 기준은 1만원 단위로 되오니 이점 참고하시기 바랍니다.

2020년 7월 17일 현재, '부크크'에서 판매된 내 책의 인세 현황

05 은퇴해서 용돈벌이할 수 있는 자격증 있으신가요?

어렸을 때부터 스포츠를 무척 좋아했다. 특별히 좋아하는 종목이 있기는 했지만 대체로 가리지 않고 다양한 스포츠를 보기도 하고 때로는 직접 하기도 했다. 그러다 보니 어느새 하는 일도 스포츠와 관련이 있었는데, 덕분에 좋아하는 스포츠를 맘껏 즐길 수 있었다. 지금은 다른 일을 하고 있지만, 지금도 노트북을 펴는 순간 가장 먼저 확인하는 뉴스 기사는 항상 스포츠와 관련된 것들이다.

요즘 특히 눈여겨보는 기사가 프로야구 심판 자질에 관한 것이다. 모든 스포츠 경기가 그렇겠지만, 특히 타 종목에 비해 사람들의 관심이 압도적으로 많은 우리나라 프로야구에서 오심은 늘 좋은 기삿거리가 된다. 이를 보완하기 위해서 비디오 판독이라는 제도가 도입된 지도 몇 해가 지났는데, 아직까지 오심과 관련된 문제가 모두 해결되진 않은 것 같다. 이런 기사에 달린 댓글을 보면 열에 아홉은 심판을 비난하기 일쑤다. "심판 때문에 경기를 말아먹었다.", "혹시 사전에 짠 거 아니냐."와 같은 비판을 넘어선 비난을 볼 때면 심판이 불쌍하게 느껴질 때도 있다.

나는 억울한 선수의 입장도 이해되는 한편, 심판이라고 일부러 오심을 하진 않았을 텐데 심판도 심판 나름대로 억울한 게 있겠다 싶어 양쪽의 입장을 이해하려고 하는 편이다. 내가 오심과 관련된 원인을 일방적으로 심판 탓으로 돌리지 않는 이유가 있는데, 나 또한 4개의 스포츠 심판 자격증을 가지고 있는 스포츠 심판이기 때문이다. 어디 가서 스포츠 심판 자격증을 4개나 가지고 있다고 하면 사람들은 놀라며 나더러 선수 출신이냐고 묻는 경우가 많다. 물론 외모만 보면 그렇게 생각할 법도 하지만 나는 운동을 정식으로 배워본 적 없는 평범한 광고학도다. 내가 스포츠 심판 자격증을 따게 된 계기는 아주 단순했다.

한번은 일 때문에 스포츠 경기가 열리는 경기장을 찾았다가 대회 관계자들과 저녁 식사를 하게 되었다. 그 자리에는 심판 몇 명도 함께 있었는데, 편안한 분위기에서 이런저런 업무 이야기를 이어가던 중 관계자 한 분이 대뜸 나에게 운동을 좋아하냐고 물었다.

(관계자) "과장님도 운동 좋아하시죠? 잘하실 거 같은데."
(나) "그럼요. 잘하진 못하지만 좋아하긴 하죠."
(관계자) "혹시 어렸을 때 운동했거나 그런 건 아니시죠?"
(나) "그 정도의 재능이 있는 건 아니어서 그냥 취미 정도로만 하고

있습니다."

(관계자) "그러시군요. 아무튼 스포츠를 좋아하신다고 하시니, 시간
　　　　좀 되시면 투자한다 생각하고 심판 자격증 한번 따보세요."

(나) "네? 심판이요? 에이, 제가 선수 출신도 아니고 어떻게 심판을
　　　봐요. 그러다 큰 사고 납니다. 하하."

(관계자) "관심만 있으면 심판되는 거 생각보다 어렵지 않아요. 실제
　　　　로 스포츠 심판 중에 비경기인 출신도 꽤 많아요. 그리고 무
　　　　엇보다 심판이 되면 나중에 아주 작지만 용돈벌이 정도는
　　　　할 수도 있어요."

　심판이라니…. 단 한 번도 생각해본 적 없는 소위 '아웃 오브 안중'인 일
이었다. 심판이라면 당연히 선수 출신이어야 하고, 경기 규정에 대한 완벽
한 이해와 실전 경험이 뒷받침되어야 할 텐데 나는 그와는 전혀 관련이 없
었다. 당연히 저녁 식사 자리에서 으레 지나가는 수많은 이야깃거리 중 하
나라고 생각하고 대수롭지 않게 웃으며 흘려들었다.

　그날 이후로도 다양한 종목의 경기를 봤는데, 이상하게 경기 도중에 잠
깐씩 비추는 심판들의 모습이 눈에 들어오기 시작했다. 나도 모르게 출근
길 아침에 들었던 노래를 온종일 흥얼거리는 것처럼, 그전까지는 그냥 경
기의 한 부분에 불과했던 심판이라는 존재가 무의식중에 머릿속을 채우고
있었다. 심판의 표정, 옷차림, 목소리, 판정 등이 계속 신경 쓰였다. 심판이
라는 전혀 새로운 분야에 관심이 생긴 것이다. 처음에는 애써 무시했지만

낙숫물이 댓돌 뚫는 것처럼 반복되는 무의식 속의 관심은 결국 결심으로 바뀌었다.

기회가 있다면 심판에 한번 도전해보기로 했다. 일단 심판으로 활동하는 사람들, 심판 자격증을 딴 사람들에 대한 후기를 찾았다. 종목은 다르지만 생각보다 많은 종목에서 심판을 모집하고 있다는 걸 알았다. 그리고 나와 같은 비경기인 출신의 심판이 생각보다 많다는 것도 알게 되었다. 본업을 가지고 있으면서 큰 대회나 시간이 될 때 비정기적으로 심판 활동을 하는 사람들의 이야기를 통해서 용기를 얻었다. 나도 충분히 심판이 될 수 있겠다 싶었다. 또 이런 결심을 하는 데 크게 작용했던 것 중 하나가 심판 자격증은 대부분 유효 기간이 없다는 것이었다. 매년 협회나 연맹에서 실시하는 보수 교육만 들으면 나이와 상관없이 언제라도 심판으로 활동할 수 있다는 것이 가장 매력적이었다. 내가 나중에 현업에서 은퇴하는 날이 온다면, 그때부터 본격적으로 스포츠 심판으로서 경기도 보고 용돈도 벌 수 있겠다는 정말 단순한 생각으로 심판이 되어보기로 했다. 그렇게 또 한 번 회사 일을 벗어나 밖으로 탈출하기로 했다.

여기서 잠깐 국내 스포츠 심판 환경에 대해서 설명하면, 몇몇 종목을 제외하면 스포츠 심판은 중장년층의 자영업자나 은퇴하신 분들이 대부분이다. 이렇게 특정 연령층에 심판이 몰릴 수밖에 없는 현실적인 이유가 몇 개 있다. 일단, 예선전을 감안하면 경기가 주중부터 열릴 때가 많다 보니 직장인은 의지가 있더라도 현실적인 제약 때문에 정기적으로 활동하기가 어렵다. 그리고 책정된 심판 수당 자체가 크지 않고 매일 경기가 있는 게 아니기 때문에 심판 활동만으로 생계를 유지하기는 불가능하다. 대회 기간 동안 식사와 숙소는 제공해주지만, 하루 수당은 종목별 차이를 감안하더라도 보통 10만 원이 안 되는 경우가 많다. 그렇기 때문에 풀타임으로 한 달에 열리는 모든 경기의 심판을 본다고 해도 20일 안팎임을 감안하면 200만 원 이상을 수당으로 받기는 쉽지 않다. 그러다 보니 상대적으로 시간적·경제적 여유가 있는 자영업자나 은퇴하신 분들이 심판으로 활동할 수밖에 없다. 국내 스포츠 심판 환경의 이 같은 쏠림 현상이 구조적인 측면에서 아쉽기는 하지만, 한편으로 심판에 도전하기로 한 내 입장에서는 나이 들어서도 활동할 수 있는 심판이 매력적으로 보이는 건 어쩔 수 없었다.

심판은 협회별로 모집하는 시기가 상이하다. 정기적으로 모집하지 않고, 기존에 활동하던 심판의 수가 모자라거나 큰 국제 대회를 앞두고 심판을 보강해야 할 때 비정기적으로 공고를 낸다. 보통 협회 공지사항을 통해서 모집 요강을 오픈하는데, '심판 강습회'라는 이름으로 모집 공고가 올라오는 경우가 많다. 모든 협회의 공지사항을 매일같이 모니터링 하면 좋겠지만, 그럴 수 없으면 포털 사이트에 '심판 강습회'라는 키워드로 검색해서 최신순으로 보면 된다. 심판 강습회 공고가 올라오면 동호회에서도 관련 글이 공유되기 때문에 모든 협회의 홈페이지를 들어가지 않더라도 간단한 검색으로 모집 공고를 찾을 수 있다. 나도 역시 그렇게 심판과 관련된 기회를 찾았다. 그리고 얼마 지나지 않아 '2015 사이클 국내 심판 강습회 개최'

라는 제목의 페이지 하나가 눈에 띄었다. '어? 바로 이거구나!'라는 생각과 함께 얼마 전 식사 자리에서 관계자분들과 나눴던 이야기가 떠올랐다.

2015년에 한창 2030세대에서 사이클 붐이 일고 있었고, 나 또한 사이클을 타는 동호인이었기에 어느 정도의 기본은 되겠다 싶어서 일단 지원부터 했다. 나의 첫 스포츠 심판 도전이 시작되었다. 전형 일정은 서류 심사-강습회-필기시험-실습 4단계로 진행됐다. 특별히 결격 사유가 없는 한 서류 심사는 어렵지 않았기에 나는 바로 강습회에 참가할 수 있었다. 종목과 관련된 기본 지식이 있어서 기본만 하면 바로 심판이 될 수 있을 것 같았다. 이런 나의 안일한 생각은 강습회 첫날 무참히 깨져버렸다. 강습회에 참가한 대부분은 현직에 있는 코치나 관계자였는데 그들은 이미 서로 다 아는 사이였다. 일반인은 나를 포함해서 2~3명밖에 없었기에 뻘쭘해서 조용히 구석에서 자리 잡고 수업 내용을 말없이 듣기만 했다. 1교시가 끝나고 쉬는 시간에 뒤에서 이런 대화 내용이 들렸다.

(A 코치) "내가 지난번 강습회 참가했던 후배한테 기출문제 몇 개 받았어. 근데 그 후배 말로는 기출문제는 강습회 때마다 도는데, 그래도 합격하기가 하늘의 별이라더라."
(B 코치) "맞아, 필기시험 합격률이 20~30%도 안 된대."

진짜 그랬다. 심판 자격에 급수가 나뉘어 있는 다른 종목과는 다르게 급

수가 나뉘어 있지 않던 사이클 심판은 일단 필기시험 합격률이 어마어마하게 낮았다. 현직에 있는 사이클 관계자들도 붙기 어려운 시험에 나는 근거 없는 자신감만 가지고 지원했던 거였다. 아니나 다를까 강습회는 뒤로 갈수록 무슨 내용인지 이해가 어려웠다. 규정집에는 생소한 용어들이 가득했고 수업을 따라가기 힘들었다. 동호인으로 사이클을 타는 것과는 전혀 다른 전문적인 내용이 가득했다. 농담이 아니고 90%는 이해를 못 했다. 그래도 내가 이해력이 나쁘지 않은 편인데도 수업 시간 내내 바보가 된 기분이었다. 게다가 필기시험은 단어를 채워 넣거나 서술해야 하는 유형이 많아서 찍어서 맞추겠다는 요행을 바랄 수도 없었다. 막막했다.

평일 3일 동안 진행되는 강습회 참가를 위해서 이미 회사에 휴가까지 내놓고 왔는데, 떨어지게 되면 금쪽같은 3일의 휴가가 얼마나 아까울지 상상하기도 싫었다. 무식하면 용감하다고 했던가, 나는 그날 저녁부터 규정집을 통째로 외우기 시작했다. 그렇게 강습회가 진행되는 3일 내내 2~3시간씩 자면서 새벽 4~5시까지 책상 앞에 앉아서 간만에 공부라는 걸 했다. 진짜 오랜만에 코피 터지게 공부했다. 단기 암기에 강한 편이라 3일 만에 내용을 다 이해하진 못했어도 규정집을 달달 외웠다. 규정집을 통째로 머릿속에 넣고 나니 몇 문제를 빼고는 시험이 생각보다 어렵지는 않았다. 시험에 떨어질 거라 생각하지 않았고 나는 비경기인 출신 중에 유일한 합격자가 되었다. 그해 심판 강습회 합격률이 20%가 채 되지 않는다고 들었는데, 내 옆자리에서 시험을 보던 현직 코치가 떨어진 걸 보면서 '시험이 어렵긴 했나 보다.'라는 생각이 들었다. 아무튼 결과 발표 후에 강습을 진행했던 강사가 내 이름을 따로 호명해서 비경기인 출신이 시험에 붙었다며 칭찬해주었다. 운전면허 필기시험에서 1개 틀려서 박수받았던 이후로 시험에서 칭찬받아보기는 처음이었다. 당연히 기분이 좋았다. 필기시험 합격 후 1년 중 8일 이상을 실습 심판으로 활동해야 정식 심판이 될 수 있다는 규정에 따라, 나는 그해 휴가 절반 이상을 심판이 되기 위해 사용했다. 그렇게 나는 스포츠 심판이라는 새로운 일탈 하나를 완성했고, 틈틈이 심판으로서 전국을 돌며 활동을 하기도 했다.

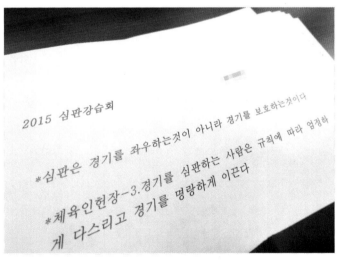

첫 심판 강습회 때 받은 유인물 첫 장에 프린팅되어 있던 문구

심판이 되고 나니 생각보다 할 만했고 재미있었다. 경기장 밖에서 단순하게 관중으로 바라보던 경기와는 다르게 경기를 진행하는 관계자로서 참가하는 건 또 다른 재미가 있었다. 큰돈은 아니지만, 며칠 동안 심판으로 활동한 뒤 통장에 입금되는 몇십만 원의 수당도 용돈으로 쓰기에는 꽤 쏠쏠했다. 하지만 심판으로 활동하고 싶다고 무조건 활동할 수 있는 건 아니다. 심판으로 활동이 가능한 대회를 정하고 신청하면 협회나 연맹 측에서 경력과 지역 등을 안배해서 심판을 선정한다. 이런 상황을 곰곰이 생각해 보니 여러 종목의 심판 자격증을 가지고 있으면 나중에 공백 없이 심판 활동을 이어가는 데 도움이 되겠다는 생각이 들었다. 그래서 다른 종목의 심판 자격증도 하나씩 따기 시작했다. 그 뒤로 나는 4개의 심판 자격증을 포함해서 총 5개 종목의 관련 자격증을 가지게 되었다. 지금 당장 심판으로 활동할 수 있는 상황은 아니다 보니 현직 심판으로 활동하고 있지는 않지만, 언제 다시 심판으로 활동할지 모르기 때문에 내가 자격증을 가지고 있는 종목의 경기는 평소에도 유심히 보게 된다. 한창 심판 활동 때문에 회사에서 휴가를 낼 때마다 당시 나의 팀장과 동료들은 "아까운 휴가 내고 쓸데없는 짓 한다."라며 핀잔을 주기도 했지만, 쓸 데가 있을지 없을지는 나중에 판단할 일이기에 꿋꿋이 심판으로서 회사 밖에서 내 일탈에 최선을 다했다. 재밌는 건 당시 나한테 이렇게 핀잔을 주던 동료 중 일부는 나중에 나를 따라서 심판 자격증을 따기도 했다. 역시 불안만큼 나를 채근할 수 있는 채찍은 없나 보다. 나를 따라나선 동료들에게 "내 덕분에 노후 준비 제대로 하고 있는 겁니다!"라고 우스갯소리를 하기도 했다. 사람 일은 진짜 모르는 거 아닌가. 만약 더 이상 회사 생활을 지속할 수 없는 상황에 놓였을 때, 잡을 수 있는 지푸라기라도 하나 있어야 하지 않을까. 그리고 '심판 자격증이 혹시라도 그런 지푸라기 역할을 할 수도 있지 않을까.'라고 생각하면 마음이 알게 모르게 든든해진다.

많은 사람이 심판은 선수 출신인 경기인의 영역이라고 생각한다. 그래서 나와 상관없는 전혀 다른 세상의 일이라고 눈길조차 주지 않는다. 나도 그랬다. 하지만 그건 편견이고, 우리가 만든 마음의 벽일 뿐이다. 일반인도 관심만 있다면 충분히 도전해볼 수 있는 분야인데도 미리 벽을 만들고 그 벽을 부수려고 하지 않는다. 새로운 일탈을 찾는 방법 중 하나가 평소에 전혀 생각지도 못했던 분야를 찾아보는 것이다. '나는 자격이 안 될 것 같은데.', '이건 내가 하고 싶다고 할 수 있는 것도 아니잖아.' 같이 마음의 문을 먼저 닫을 필요는 없다. 생각보다 많은 기회가 지척에 있을 수도 있다. 말랑말랑한 마음을 가진다면 지금보다 더 많은 일탈의 기회가 생길 것이다.

회사 밖에서 '일탈'이라는 이름의 프로젝트를 하면서 생각이 많이 바뀌었다. 특히 가족과 함께하는 시간의 즐거움과 소중함을 알게 된 건, 회사가 아닌 회사 밖에서 의미와 행복을 찾으려던 나의 노력이 헛되지 않았음을 증명했다. 직장 상사 눈치 보느라 퇴근하지 못하고 야근을 당연하게 받아들이며, 집보다 회사에서 많은 시간을 보냈던 과거를 떠올리면 내가 얼마나 어리석었는지 깨닫게 된다. 일탈이라는 프로젝트를 하며 아이들과도 많은 시간을 보내려고 노력했다. 처음엔 아이들과 뭘 어떻게 하며 놀아야 할지 몰라서 생각만 하다가 보내버린 시간이 많았는데, 오히려 지금은 하고 싶은 것이 너무 많아 시간이 부족해졌다. 아이들과 함께하는 시간이 많아질수록 마음 한구석에 비어있는 공간은 아이들과의 따뜻한 추억으로 채워졌다. 나를 따뜻함으로 채워 준 아이들과 함께한 일탈을 몇 가지 이야기해볼까 한다.

아이들과 놀면서
할 수 있는 일탈

01

~~~

8년째 육아 일기를
쓰고 있습니다만

아이가 태어나면 부모의 삶은 지금까지와는 전혀 새로운 형태로 전개된다. 먹고, 자고, 입고 살아가는 모든 것이 바뀐다. 그중 내가 가장 크게 느끼는 변화는 지인들 SNS에 올라오는 수많은 아이 사진과 영상이다. 오늘은 아이가 이유식은 뭘 먹었는지, 어린이집 갈 때는 무슨 옷을 입었는지, 주말에는 어디를 다녀왔는지, 아이와 관련된 시시콜콜한 모든 일상이 SNS에 그대로 기록된다. 나도 그렇다. 오로지 나를 위한 공간이던 내 SNS 계정은 이젠 내가 아닌 아이들의 이야기로 채워지고 있다. 하루에도 몇 번씩 아이들 사진과 영상을 올린다. 하지만 처음부터 SNS에 아이들 사진을 지금처럼 자주 올렸던 건 아니었다. 그렇게 자주 올릴 만한 사진이 많지 않았다. 출장도 많았고 평일에는 거의 야근하다 보니 집에 가면 아이들은 보통 자고 있는 경우가 많았다. 가끔씩 일찍 퇴근하더라도 퇴근 시간에 강남을 통과해야 하는 동선 때문에 빨라야 7시 30분은 되어야 집에 도착했다. 보통 9시에 자는 아이들을 생각하면 진짜 잠깐 얼굴 보고 자야 하는 게 일상이었다. 그러니 당연히 아이들이 커가는 모습을 사진 찍을 시간이나 여유가 전혀 없었다. 그나마 주말에 놀아준다고 노는데, 어디로 튈지 모르는 아이들을 보면서 그 와중에 핸드폰 꺼내 사진 찍는 게 쉬운 일이 아니었고 별로 그럴 생각도 많지 않았다. 내 핸드폰에 아이들 사진이 한동안 많지 않은 건 당연한 일이었다. 한 번씩 와이프가 유치원 친구들 모임이 있다고 아이와 함께 키즈 카페라도 가는 날이면 소파에 누워 세상을 다 가진듯한 기분이었으니 내가 생각해도 참 별로인 아빠였다.

그런 내가 일에서 탈출하면서 조금씩 바뀌기 시작했다. 아니 바뀌기로 마음먹었다. 회사에 집착하고 고과에 목숨 걸고 월급이 절실했던 내가 그것들을 내려놓으니 늘 그 자리에 있어도 보지 못했던 것들이 하나씩 보였다. 고은의 시 〈그 꽃〉의 열다섯 글자 "내려갈 때 보았네 / 올라갈 때 못 본그 꽃"처럼, 회사로 향해있던 내 시선이 내 집과 내 아이들로 향하게 되었다. 무엇보다 자라는 아이들의 시간이 보였다. 하루가 다르게 자라는 아이를 보니 아쉽고 서운했다. 어제까지 걷지 못했던 아이가 두 발로 땅을 딛고, 어눌한 말투 중에 한 번씩 생각지도 못한 말을 내뱉을 때면 깜짝 놀라고 신기했다. 나를 위한 일탈도 일탈이지만 다시 오지 않을 이 시간에 아이들과 무언가를 해야겠다는 생각이 들었다. 그리고 그것들을 기록하기 시작했다.

기록하려고 마음먹고 나니 어느 하나 소중하지 않은 것이 없었다. 밥을 먹는 모습도 오늘내일이 다르고, 어제 묶은 머리와 오늘 묶은 머리가 다르니 그것도 소중했다. 한동안 나눠주지 못한 관심이 미안해서 아이와 관련된 모든 것을 기록하고 기억하고 싶었다. 그렇지만 24시간 아이가 자라는 모습을 다 기록할 수는 없는 일. 그래서 일단 일상에서 반복되는 일은 기록하지 않고 새로운 것 위주로 기록하기 시작했다. 새로운 장소에 놀러 가거나 새로운 그림을 그리거나 새로운 사람을 만날 때 위주로 사진과 영상을 찍었다. 하지만 그렇게 기록한 시간과 사진이 쌓이다 보니 점점 주객이 전도되는 느낌이 들었다. 아이들과의 즐거웠던 시간을 기억하기 위해 기록하는 것인데, 정작 기록하느라 이 소중한 시간을 바라보지 못하고 있는 건 아닐까 하는 생각이 들었다. 기록만 있고 그것들을 다시 꺼내서 기억하고 곱씹는 시간이 전혀 없었다.

'무엇을 위해서 이것들을 기록하고 있지?'라는 생각이 들었고, 단순히 기록을 하기 위함이 아니라 소중한 시간을 언제라도 꺼내서 그때를 기억하고 공유할 수 있는 우리 집 자산으로 만들고 싶었다. 지금까지 그렇게 열심히 기록해둔 수천장의 사진과 영상을 단 한 번도 꺼내 본 적이 없었기에 투자한 시간과 노력이 아깝다는 생각이 들었다. 그래서 언제라도 쉽게 나나 아이들이 수시로 볼 수 있도록 그간의 사진을 정리해서 앨범으로 만들기로 했다. 손닿는 곳에 앨범이 있으면 밥 먹다가도 꺼내 보고, 책 읽다가도 한 번씩 꺼내 보지 않을까 싶었다. 사진을 편집해서 앨범을 만들 수 있는 사이트 중 한 곳을 골라서 사진을 한 장씩 한 장씩 넣고 그때의 기억을 떠올리며 사진과 함께 넣을 문구를 만들었다. 밀린 숙제도 한 번에 하려면 힘들

듯, 수많은 사진을 시간 순서대로 구분하고 그중에 잘 나온 사진을 골라서 문구를 만드는 건 결코 쉽지 않았다. 이런 식으로 쌓여있는 사진을 정리하려면 시간도 너무 많이 걸리고 손품도 팔아야 하니 스트레스받기 딱 좋은 일이었다. 나의 게으름을 탓하면서도 일단 시작했으니 뭐라도 해야겠다 싶어 욕심부리지 않고 일단 첫째 아이의 백일 때까지의 사진으로 얇은 앨범을 한 권 만들었다.

얇은 앨범 하나 만드는 데도 생각보다 많은 시간과 정성이 필요했다. 힘들었지만 앨범을 만들고 보니 꽤 뿌듯했다. 확실히 종이의 질감이 느껴지는 사진은 모니터로 보는 사진과는 다른 입체적인 맛이 있었다. 남아있는 사진도 빨리 정리해야겠다는 생각이 들었는데, 노트북 폴더 안에 들어있는 어마어마한 양의 파일을 보니 시작할 엄두가 나지 않았다. 퇴근한 이후 조금씩 정리하다 보면 족히 몇 개월은 걸릴 것 같았다. 기존에 하던 방식으로는 정리하기가 쉽지 않을 것 같아서 다른 방법을 찾아보기로 했다. 사진으로 앨범을 만드는 대부분의 사이트는 비슷했다. 사진을 하나씩 찾아서 편집해서 넣고 필요에 따라 문구를 만들어 일일이 넣어야 했다. 그렇게 이 사이트 저 사이트 하나씩 다 들어가서 혹시 다른 방식으로 앨범을 만드는 사이트가 있을까 기웃거리다가 우연히 "SNS의 기록들을 책으로 만들어 드리는 서비스입니다."라는 문구의 광고 하나가 눈에 띄었다. 이 사이트는 SNS 내 계정에 올라가 있는 사진들을 몇 번의 클릭만으로도 책으로 만들어주는 서비스를 제공하고 있었다. 이거다 싶었다. 아이들이 자라는 모습을 본격적으로 기록하기 시작한 후부터 꾸준히 SNS에도 사진과 영상을 함께 올려놓았기 때문에 이 사이트를 활용하면 쉽게 책을 만들 수 있겠다는 생각이 들었다. 앨범을 만드는 방법은 생각보다 훨씬 쉬웠다. 내가 앨범으로 만들고자 하는 SNS를 먼저 선택하고, 앨범으로 만들고 싶은 사진을 선택하기만 하면 됐다. 클릭 몇 번으로 두꺼운 앨범이 만들어졌다. 비용이 저렴하진 않았지만 노트북 앞에 앉아서 날려버릴 내 시간을 생각하면 그 정도 비용은 아깝지 않았다. 오히려 묵은 숙제를 한 번에 해결해줘서 고마웠다.

SNS에 올라가 있던 사진을 가지고 앨범을 뚝딱 만들고 보니, 앨범 하나 만드는 게 종이접기 하는 것보다 더 쉬웠다. 앞으로 모든 기록은 SNS에 남기기로 결심했다. 아직까지 앨범을 만드는 데 이보다 더 쉬운 방법을 찾지 못했다. 마케팅을 업으로 하고 있기 때문에 SNS 사용 빈도가 높다 보니 SNS에 아이들 사진을 올리는 건 어렵지 않을 것 같았다. 핸드폰만 있으면 어디서든 쉽게 아이들 사진을 올릴 수 있고, 나중에 따로 시간 내서 사진을 정리하지 않아도 됐기에 스트레스 없이 나만의 육아 일기를 만들 수 있겠다 싶었다. 실제로 그 뒤로 사명감을 가지고 아이들의 일상을 SNS에 기록하고 있다. 연례행사처럼 매해 1월이 되면 전년도 1년 치의 아이들 사진을 가지고 앨범을 만들고 있다. 그러다 보니 벌써 5권의 육아 일기가 앨범으로 만들어졌다. 첫째 아이의 사진으로 가득하던 앨범은 이제는 둘째 아이의 사진까지 더 해져서 양도 많아지고 내용도 다양해졌다. 아직도 나의 육아 일기는 진행 중이다.

횟수로 벌써 8년째, 지금까지 총 5권의 육아 일기를 만들었다

이렇게 만들어놓은 앨범은 아이들이 언제라도 꺼내 볼 수 있도록 책장 가장 낮은 곳에 꽂아 놨다. 아이들은 물 마시듯이 오가며 앨범을 꺼내 본다. 같은 사진을 봐도 볼 때마다 새로운가 보다. 한 번씩 소파에 앉아 아이들과 이 앨범을 가지고 이야기를 시작하면 1~2시간은 금방 지나간다. 네 살, 여덟 살 두 아이의 눈으로 바라보는 아빠가 기록한 사진과 글은 우리 모두에게 좋은 간식거리가 된다. 별 내용도 의미도 없는 대화가 그냥 재미있다. 앨범을 한창 뒤적거리다가 어느 사진 하나에 꽂히면 우리의 대화는 대충 이런 식으로 전개된다.

(둘째) "아빠, 왜 여기에는 내가 없지? 아빠랑 엄마랑 누나만 있네? 나는 어린이집 갔나?"

(나) "이때는 OO가 아직 태어나기 전이지. 엄마 뱃속에도 없었을 때였거든."

(둘째) "아니야, 나는 엄마 뱃속에서 배꼽으로 다 보고 있었어."

(나) "오~그래? 어쩐지 아빠가 누나랑 놀고 있으면 꼭 누가 쳐다보고 있는 거 같았거든. 그게 OO였구나! 보고만 있지 말고 좀 나와서 같이 놀지 그랬어."

(둘째) "맞아, 나는 다 보고 있었어. 누나가 아이스크림 먹는 것도 보고, 아빠가 방귀 뀌는 소리도 다 들었어. 진짜야."

(첫째) "아빠, 근데 엄마 뱃속에서 배꼽으로 밖을 볼 수 있어요? OO 말이 맞아요?"

(나) "글쎄… 혹시 우리가 안 볼 때 몰래 배꼽 문을 열고 본 건 아닐까?"

(첫째) "너 진짜 그랬어? 아빠 말이 맞아?"

(둘째) "맞아. 내가 다 봤어."

SNS를 활용해서 육아 일기를 쓰는 방식이 다른 어떤 방식보다 편하고 좋기는 한데, 지금도 딱 하나 조심스러운 부분이 있다. 내 SNS 계정을 팔로잉하는 사람들은 대부분 가까운 지인이지만, 그럼에도 혹시 내가 올리는 아이들의 사진이 그들에게 공해가 되진 않을까 하는 생각이다. 우리 집 아이가 어떻게 지내는지 매일 그들이 알고 싶진 않을 테니 늘 조심스럽다. 아이들 이름으로 계정을 각각 따로 만들까 생각해봤는데, 그건 두세 개의 계정을 관리해야 하는 번거로움 때문에 더 애매하다. 조금 미안하긴 하지만 그냥 지인의 상당수가 아이가 있는 또래들이니 내가 그들을 이해하는 것처럼 그들도 나를 이해해주리라 믿고 꿋꿋이 SNS에 육아 일기를 쓰고 있다. 내 미안한 마음을 친구들에게 표현하기 위해 그들이 올리는 사진과 영상에 나만의 방식으로 액션을 취한다. '좋아요'를 누르는 건 너무나 당연하고, 댓글도 수시로 단다. SNS에 아이들 사진이 내 사진보다 더 많기는 하지만, 그래도 '이 계정은 내 계정이고 너희들과 계속 소통하고 있어.'라는 메시지를 주려고 노력한다. 모르긴 몰라도 아마 나의 이런 꾸준한 소통이 내 계정에 아이들의 사진이 유독 많아도 지인들이 그렇게 기분 나빠하지 않는 이유가 아닐까 하는 생각을 해본다.

사람들은 사명감을 가지고 육아 일기를 쓰는 나를 보고 "대단하다.", "멋지다.", "좋은 아빠다."라고 말한다. 그런 말을 들을 때면 기분이 좋은 것도 사실이지만, 한편으로는 아이들이 있는 내 또래의 그들도 육아 일기를 써봤으면 하는 바람이 있다. 해보니깐 부모가 아이와 함께할 수 있는 일 중에 이보다 쉽게 할 수 있는 것도 드물다. 또 인생에서 어쩌면 딱 한 번밖에 할 수 없는 일일지도 모른다. 육아 일기를 포함해서 내가 지금까지 하고 있는 일탈 중에 그렇게 대단하고 어려운 건 하나도 없다. 의지와 끈기만 있으면 누구나 어렵지 않게 할 수 있는 일이다. 특히, 육아 일기를 만드는 건 아이들 사진을 1~2분 정도의 짬을 내서 SNS에 올려놓기만 하면 된다. 그

뿐이다. 하루 중 회사에서 커피 마시는 시간과 집에 와서 TV 보는 시간만 해도 1~2시간은 족히 될 텐데, 내 아이와 가족의 시간을 기록하는 데 1~2분을 투자하지 못한다는 건 말이 되지 않는다. 회사 생활도 중요하지만 내 가족과 아이의 행복이 더 중요하다는 기본을 잊지 않는다면, 재미있게 육아 일기를 써볼 수 있을 것이다. 요즘 아빠들은 육아에 관심이 많아 다양한 방식으로 적극적으로 육아를 함께한다. 여기서 조금 더 나아가, 육아를 함께하는 것에서 그치지 말고 그 과정을 기록해보길 권한다. 분명 우리 가족의 자산이 되고 이야깃거리가 되어줄 것이다.

올해 초 만든 육아 일기 앨범과 멘트를 기록해놓은 내 SNS 계정

[SNS를 활용한 육아 일기 쓰는 TIP]

1. 쓰기 편한 SNS를 선택한다. / 페이스북, 인스타그램, 카카오스토리 등 모두 가능하다.
2. 아이들의 사진은 그날그날 올린다. / 한 번 밀리면 끝이 없다.
3. 너무 긴 설명보다는 간단한 코멘트를 적는다. / 멋진 말 쓸 필요 없다. 솔직하게 쓰자.
4. SNS를 책으로 만들어주는 사이트를 활용하자. / 클릭 몇 번이면 앨범을 만들 수 있다.
5. 1년 동안의 육아 일기는 새해 1월에 책으로 만든다. / 새해가 되면 할인 쿠폰이 발급된다.

* **볼록북**(https://www.bollogbook.com/)

페이스북
페이스북 타임라인의 좋아요, 댓글 등 모든 컨텐츠를 한 권의 책 속에 담아 드립니다

인스타그램
인스타그램 컨텐츠를 나만의 책으로 담아 드립니다

카카오 스토리북
소소한 스토리를 더욱 가치 있게 책으로 담아 드립니다

OTHER
사진이 있다면? 걱정하지 마세요

볼록북은 SNS 계정에 올라와 있는 사진으로 손쉽게 앨범을 만들 수 있는 서비스를 제공한다

- 새해가 되면 20% 할인 쿠폰이 지급된다. 제작 가능한 페이지 수를 다 채우면 10만 원 이상의 비용이 발생하므로, 할인 쿠폰을 활용하면 상대적으로 저렴하게 제작이 가능하다.

- 제작할 수 있는 페이지 수가 정해져 있으니 선택할 때 애매한 사진은 과감하게 제외한다. 1년 치의 사진을 보면서 선택하다 보면 욕심이 생겨 다 선택하게 된다. 그러면 나중에 반대로 어떤 사진을 제외할지 고민하게 된다. 비슷한 사진이라면 과감하게 제외하자.

- 앨범으로 만들고 나면 사진만큼 화질이 좋지는 않다. 사진으로 인화하는 것이 아니고, 이미 SNS에 리사이징되어 올라가 있는 사진을 인쇄하기 때문에 화질이 떨어질 수밖에 없다. 그러므로 조금이라도 좋은 화질의 앨범을 얻고 싶다면 SNS에 기록할 때 조금이라도 더 고화질의 사진을 사용하자.

02 산 정상에서 먹는 라면보다
맛있는 것이 있을까요?

SNS에 아이들과 산에 다녀온 사진을 보고 사람들이 댓글을 단다. "건강한 가족이네요.", "아빠의 체력이 대단합니다.", "벌써 정상까지 가다니, 등산도 조기 교육인가요?" 대체로 아이들과 산에 간다는 것만으로도 사람들의 관심을 받는다. 아이들이 어렸을 때부터 산에 다니기 시작했다. 막상 아이들과 뭘 하고 놀지 잘 몰랐던 어설픈 아빠였던 나는, 남들 쫓아서 뭘 하기보다 일단 내가 좋아하는 산에 아이들과 함께 오르기 시작했다. 산에 가는 특별한 이유가 있었던 건 아니고, 그냥 사람 많은 곳에 가서 부대끼기 싫어하는 내 성격을 똑 닮은 첫째 아이를 생각해서 그런 곳을 찾다 보니 그렇게 됐다. 그리고 무엇보다 아파트 단지 안에 등산로가 있다 보니 아이들과 내가 가장 쉽게 선택할 수 있는 놀이가 산에 가는 것이었다.

첫째가 네 살 무렵부터 시작된 우리의 등산 여정은 둘째가 태어나서도 꾸준히 이어지고 있다. 첫째는 자기가 잘 아는 등산길이라서 자신감이 넘친다. 아직 어린 동생 손을 꼭 잡고 정상까지 함께 오른다. 오르는 길에도 계속 동생이 힘들지 않은지, 쉬고 싶지 않은지 묻는 모습이 고맙고 기특하다. 같은 산을 매번 조금씩만 더 오르자는 생각으로 아이들과 시작한 등산인데, 이제는 산 정상까지 첫째는 뛰어 올라가는 날다람쥐가 되었고, 둘째는 25개월 무렵부터 1시간 정도 걸리는 정상까지 혼자 걸어서 가고 있다.

(첫째) "안 힘들어? 여기서 조금 쉴까?"

(첫째) "목말라? 누나가 얼음물 줄까?"

(첫째) "여기는 미끄러우니깐 누나 손 말고 아빠 손 잡을까?"

(첫째) "조금만 더 가면 의자가 있는데, 거기까지만 힘내서 가볼까?"

우리가 산에 가는 날 모습은 대충 이렇다. 첫째는 스스로 본인 가방을 싼다. 등산 중에 먹을 간식과 물을 챙기고 가끔 그림을 그리려고 펜과 노트도 챙긴다. 나는 나와 둘째의 간식을 싸고, 산에서 내려올 때 둘째를 태우는 등산 캐리어를 챙긴다. 처음 산에 갈 때만 하더라도 기저귀를 아직 떼지 못하고 음식을 가려먹던 둘째의 짐이 많았는데, 이제는 제법 자라서 간식 말고는 따로 챙길 것이 없어서 내 어깨가 가벼워졌다. 아파트 단지 등산로 입구에서 가볍게 체조를 하고 파이팅을 외친 뒤 기념사진을 한 장 찍고 출발한다. 가는 길에 힘들면 지체 없이 그 자리에 앉아 싸 온 간식을 먹으며 잠시 쉰다. 그렇게 1시간 남짓 걸려서 정상까지 올라가면 그곳에서 싸 온

도시락을 먹고, 사진도 찍고, 올라오는 사람들에게 인사도 한다. 정상에서 멋진 풍경을 보면서 충분히 시간을 보내고 나면 둘째는 등산 캐리어에 태우고 첫째는 손을 잡고 함께 산을 내려온다. 보통 쉬는 시간 포함해서 2시간 코스로 이동하는데, 하산할 때는 항상 아이들이 좋아하는 주스를 판매하는 커피숍에 들러서 놀다가 집으로 돌아온다. 처음에는 어디로 가야 할지 몰라 아빠 손만 꼭 붙잡고 다니던 아이들이 이젠 제법 익숙해졌는지 아빠를 뒤로하고 앞에서 발걸음을 재촉한다.

산에 갈 때면 항상 동생 손을 잡아주는 첫째

산을 다니면서 얻은 것이 많은데 무엇보다 아이들의 건강한 체력이다. 산을 다닌 뒤로 아이들의 체력이 부쩍 좋아졌음을 느낀다. 첫째는 다른 야외 활동을 할 때면 항상 힘든 정도를 산에 오르는 것을 기준으로 확인한다. "아빠, 이건 산에 가는 것보다 반의반도 안 힘들어.", "산에 가면 두 시간은 넘게 걸어야 하는데, 아직 한 시간도 안 됐잖아." 이런 식으로 본인의 남은 체력을 확인한다. 산에 다니기 전만 하더라도 300미터도 안 되는 거리에 있는 시장에 장을 보러 갈 때마다 힘들다고 징징댔던 아이임을 생각하면 분명 체력이 일취월장이다. 둘째도 조기 교육의 힘 덕분에 어른들도 땀 흘리며 힘들게 올라가는 산에 아빠 손을 잡고 끝까지 걸어 올라간다. 물론 아직 가는 길에 힘들다고 징징댈 때가 있긴 하지만 말이다. 그래도 한창 뭐든지 혼자 하려는 시기인지라 "나 혼자 할 수 있어.", "나도 누나처럼 혼자 갈 거야."라고 말하며 일단 걷고 보는 둘째의 용기가 대견하다.

등산하는 동안 아이들과의 자연스러운 스킨십과 대화를 통해서 부쩍 가까워지는 것도 느낀다. 집에서는 고작 20~30분 놀고 나면 일단 나부터 지루해져서 놀이에 집중하기 힘들었을 텐데, 산에서는 2~3시간 동안 계속 아이들과 이야기하게 된다. "힘들어? 조금 쉬었다 갈까?", "조금만 더 가서 간식 좀 먹자." 끊임없는 대화가 오간다. 그렇게 산에 다녀온 날이면 자연스럽게 저녁의 대화 주제도 산으로 이어진다. 간식은 무얼 먹었는지, 몇 번 쉬었는지, 산에서 어떤 사람을 만났는지 이야기가 꼬리에 꼬리를 문다. 그날 첫째의 일기장은 당연히 등산과 관련된 이야기로 채워진다. 등산 중에 주고받는 대화를 통해서 아이들은 부모에 대한 믿음을 갖는다. 힘든 시간을 함께 이겨낸 일종의 동지애 같은 것이 생기다 보니 서로 의지하고 믿게 된다. 둘째는 등산하는 중간에 끊임없이 나에게 물어본다. "내가 넘어지면 아빠가 잡아주지?", "호랑이가 나타나면 아빠가 힘세니깐 이기지?" 이런 위험한 상황을 가정하고 아빠가 도움을 줄 것인지에 계속 확인한다. 아직은 익숙하지 않은 자연환경이 낯설고 무서워서 그러겠거니 싶어, 그때마다 "그럼, 넘어지려고 하면 아빠가 안 넘어지게 잡아주지!", "호랑이가 나타나면 아빠가 '이놈!' 하고 혼내주지." 같은 답을 주면 아이는 해맑게 웃으며 산에 오른다. 이런 작은 상호작용이 쌓이면서 아이들은 아빠에 대한 신뢰가 쌓이고 정서적으로 안정감을 갖게 된다.

우리 아이들이라고 처음부터 산에 잘 다녔던 건 아니었다. 여느 아이들처럼 다리 아프고, 덥고, 힘들다고 짜증 부리던 아이들을 산에 잘 다니는 아이들로 만든 내 나름의 비법이 있다. 바로 사리곰탕 컵라면과 젤리 그리고 무전기다. 특별히 좋아하는 것도 싫어하는 것도 많지 않은 첫째가 한결같이 좋아하는 음식이 사리곰탕이다. 라면을 거의 먹을 일이 없는데도 언제 맛을 봤는지 언제부터인가 사리곰탕이 먹고 싶다고 이야기하기 시작했다. 아마 친구 집에서 맛을 본 모양이다. 하지만 우리 집에서는 라면을 거의 먹지 않기 때문에, 아이들의 등산에 동기 부여를 위해서 "사리곰탕은 산에서만 먹을 수 있다."라는 규칙을 세웠다. 산에 가기 전날부터 사리곰탕은 준비했냐고 묻는 첫째다. 산에서 먹는 사리곰탕이 세상에서 제일 맛있다는

데, 그런 산해진미를 위해서 산 따위를 오르는 것이 아이에게 무슨 대수이겠는가. 둘째는 아직 어리기 때문에 한창 좋아하는 젤리로 유혹한다. 두 발로 걸어서 정상까지 가기 때문에 중간에 힘들 때면 젤리 하나를 입에 넣어준다. 진짜 젤리 하나만 입에 넣어주면 다시 힘내서 씩씩하게 걷는 걸 보면 아이들을 정상까지 걷게 한 건 내가 아니라 조그만 젤리와 컵라면인 듯싶다.

　　(둘째) "아빠 힘들어. 에너지가 없어."
　　(나) "벌써 에너지가 다 떨어졌어? 그럼 젤리 하나 줄까?"
　　(둘째) "응, 젤리 먹으면 에너지가 있어. 안 힘들어."

　산을 오르는 동안 보이는 거라고는 돌, 나무, 하늘뿐인데 아이들이 이런 것들에 계속 관심을 가질 리가 없다. 그래서 오르는 동안 서로 지루하지 않도록 장난감 무전기도 항상 준비한다. 지루해질 때쯤이면 무전기를 꺼내서 하나는 첫째가 들고 다른 하나는 둘째와 내가 들고 간다. 앞장서서 잘 가는 첫째가 등산로 상황을 실시간으로 무전기로 전달한다.

　　(첫째) "아빠 나와라. 조금만 더 오면 매화꽃이 많이 피었다. 여기서
　　　　　사진 찍자. 오바."
　　(첫째) "아빠 나와라. 앞에 표지판이 보이면 왼쪽으로 와라. 오바."
　　(첫째) "앞에 커다란 멍멍이가 오고 있으니깐 조심해라. 오바."

아이들과 산에 갈 때 반드시 챙기는 세 가지 아이템

그런 누나의 모습이 재밌는지 둘째는 계속 무전기에 대고 뜻도 모르면서 "오바, 오바, 오바." 하면서 깔깔댄다. 무전기 놀이를 벗 삼으면 등산하는 길이 지겹지가 않다. 무전기는 2만 원 이하의 저렴한 어린이용 무전기를 사용한다. 건전지로 작동하는 이 무전기만 있으면 등산할 때도 평소에 슈퍼 갈 때도 재미있는 놀이가 된다. 아이들의 컨디션에 따라 조금씩 다르기는 하지만 보통 이 세 가지만 있으면 아이들은 즐겁게 산에 오른다.

등산을 처음 시작할 때부터 무작정 산부터 오른 건 아니었다. 아이들이 산과 충분히 친해질 시간을 주었다. 흙을 밟는 느낌, 바람에 흔들리는 나무가 만드는 소리, 예쁜 돌멩이와 솔방울을 찾는 재미 등 자연과 가까워질 수 있도록 해주었다. 그렇다고 어디 멀리까지 간 건 아니고, 집 근처에 있는 작은 유아 숲 체험장에서 한동안 시간을 보냈다. 유아 숲 체험장은 도심에 사는 아이들이 자연 속에서 계절 변화를 몸소 체험하며 건강하게 자라날 수 있도록 도심 속 산림(공원) 내 평지와 완만한 경사지를 활용한 '숲 체험 공간'을 말한다. 서울시에서 2011년부터 조성해서 서울 전역에 약 50여 개가 있다. 마침 우리 집 근처에도 유아 숲 체험장이 있어서 주말 아침이면 돗자리와 김밥을 준비해서 일단 유아 숲 체험장으로 올라갔다. 개인적으로 유아 숲 체험장은 등산을 시작하기에 앞서 아이들의 오감을 자극하고 자연과 교감할 수 있는 최고의 장소라고 생각한다. 나무와 나무를 이어 만든 외줄 타기, 나무로 만든 그네, 암벽 오르기, 나무 징검다리 등 숲을 체험할 수 있는 자연 그대로의 놀이터라고 생각하면 된다. 처음에는 어떻게 놀아야 할지 몰라 "아빠랑 같이할래.", "엄마 손 잡아줘."라고 말하던 아이들은 순식간에 적응해서 줄 하나 잡고 암벽도 후딱후딱 올라간다. 그렇게 아침에 맑은 공기 마시며 숲속에서 한바탕 뛰고 나서 먹는 김밥 한 줄의 맛을 알고 난 뒤부터는 주말 아침이면 아이가 먼저 유아 숲 체험장에 가자고 말을 꺼낸다. 아이들이 알아서 뛰어노는 동안 나와 와이프는 이야기를 하거나 모처럼 책을 보는 여유를 만끽하기도 한다. 등산을 시작한 이후로도 가끔씩 아이들과 유아 숲 체험장에 간다. 그만큼 아이들에게는 이보다 재미있는 놀이터가 없는 것 같다. 등산을 하기 위해서가 아니더라도, 유아 숲 체험장은 꼭 한 번 가보길 추천한다.

올해 부쩍 좋아진 아이들의 등산 체력이 눈으로 보일 정도다. 그래서 첫째와 올해 지리산 천왕봉에 오르는 계획을 세웠다. 천왕봉 다녀온 지도 벌

서울시에서 제공하는 '스마트서울맵'에서 서울 전역의 유아 숲 체험장을 찾을 수 있다

써 10년은 넘은 듯한데, 그곳에 아이와 함께 갈 생각에 설렌다. 사실 첫째

는 지리산이 어디 있는지, 천왕봉이 얼마나 높은 곳에 있는지 관심도 없고

잘 모른다. 그냥 아빠랑 맛있는 거 먹으며 노는 정도로 생각하는 것 같다.

그래도 1박 2일의 최단 거리 코스로 여유를 가지고 간다면 첫째의 체력이면 충분히 올라갈 수 있을 것 같다. 계획대로라면 지난 5월에 이미 천왕봉에 올랐어야 했는데, 코로나로 인해 잠정 무기한 연기해놓은 상태다. 나나아이 모두 마음은 천왕봉에 오를 그 날을 기다리고 있다. 아이들과 함께 많은 시간을 보내고 싶어서 시작한 등산은 어느새 우리 가족을 대표하는 자타공인 야외활동이 되었다. 몇백 미터 앞에 있는 시장도 가기 힘들어했던 예전의 아이들 모습을 떠올리면, 이제는 지리산 천왕봉까지 넘보고 있는 아이가 대견하다.

　도심 속 성냥갑 같은 건물을 오가며 하루를 보내는 아이들에게 산만큼 유익한 활동이 없다. 서울로 여행 온 외국인 중 상당수가 여행 일정 중 하나로 서울 근교의 산에 오른다. 우리에게는 일상이고 평범한 산이라는 존재가 외국에서는 결코 평범하지 않기 때문이다. 도시를 벗어나 차 타고 멀리 이동해야만 비로소 오를 수 있는 산들이 보이기 시작한다. 그런 면에서 우리가 산과 자연을 가까이하기에 얼마나 좋은 환경을 가지고 있는지 생각한다면 참 고마운 일이다. 최소한 나의 아이들은 산과 가까이 지내고 그런 고마운 마음을 가지고 충분히 즐겼으면 하는 바람이다. 더 이상 나는 주말에 출근하지 않고, 특별한 일이 아니라면 출장도 가지 않는다. 내가 없으면 주말에도 일이 제대로 돌아가지 않을 것 같은 쓸데없는 걱정에 출근하는 일은 없다. 이제는 오히려 주말에 아이들과 살을 맞대고 일어나 함께 등산가방을 싸고 신발을 조이는 일상이 없으면 어색할 정도다. 이 정도면 가화만사성(家和萬事成)이 아니라 가화등산성(家和登山成)이라고 해도 되겠다.

보건복지부 100인의
아빠단 출신입니다

〈100인의 아빠단〉은 보건복지부에서 저출산 시대에 아빠들의 육아를 독려하기 위해 만든 프로그램이다. 육아에 관심 있는 아빠들이 즐겁게 육아를 하고, 그 과정에서 생기는 고민과 노하우를 서로 나눌 수 있다. 한창 육아에 적극적으로 참여하려고 노력은 하고 있으나 막상 어떻게 뭘 하며 놀아야 할지 고민하던 시기에 우연히 〈100인의 아빠단〉 모집 공고를 보게 되었다. 처음 그 공고를 본 순간 재미있겠다는 생각이 반이었고, 한창 회사 밖에서 이런저런 일탈 프로젝트를 하고 있던 시기여서 괜히 무리해서 일을 벌이는 게 아닌가 싶은 마음이 나머지 반이었다. 그래서 지원해볼까 말까 며칠 고민하면서 블로그를 통해 후기를 찾아보니 〈100인의 아빠단〉이라는 프로그램은 수년째 보건복지부에서 운영되고 있으며, 참가자에 대한 지원도 좋았고 콘텐츠도 다양했다. 그리고 무엇보다 해당 프로그램에 참여했던 전 기수 아빠들의 후기가 너무 좋았다. 지금은 전국 지자체별로 확대 운영되고 있지만, 당시에는 전국에서 100명의 아빠만 선발하고 있었기에 내가 지원한다고 해서 뽑아준다는 보장도 없었다. 일단 지원해보고 되면 나중에 생각하기로 했다.

"만약 제가 〈100인의 아빠단〉으로 선발된다면, 아이들과 더 즐겁게 놀 것이며, 육아 전도사가 되어 많은 이에게 본보기가 되겠습니다. (중략) 저를 꼭 뽑아주세요."

초등학교 반장선거 연설도 아니고 어설프기 짝이 없는 지원 동기와 포부를 적어서 지원서를 제출했다. 사실 100% 정성을 다해 쓴 지원서가 아니었기에 기대도 안 하고 있었는데, 얼마 뒤 합격자 명단에 내 이름이 보였다. 또 다른 일탈을 할 마음의 준비가 충분히 되어있지 않아서 잠시 포기할까도 생각했지만, 그냥 이 또한 아이들과 더 신나게 놀 수 있는 기회겠다 싶어 〈100인의 아빠단〉이 되어보기로 했다.

〈100인의 아빠단〉은 참가하는 아빠들이 육아에 적극적으로 참여하겠다는 의지는 있으나 2% 부족하다는 가정하에 모임이 운영된다. 전 기수에서 초보 아빠를 성공리에 탈출한 선배 아빠들이 멘토로 참여해서 조언을 주기도 하고, 저명하신 교수님이나 인사들이 와서 강의하기도 한다. 사실 그런 거창한 것들보다 내가 이 프로그램이 마음에 들었던 이유는 매주 아이들과 함께해야 하는 미션을 부여받는 것이었다. 매주 산 아니면 서점에 가는 정도밖에 할 줄 몰랐던 나에게 특별히 고민하지 않아도 아이들과 놀 거리가 있다는 건 큰 짐을 더는 것이나 마찬가지였다. 매주 주어지는 미션이라는 게 대단한 건 아니다. 어떤 때는 종이접기를 하고, 어떤 때는 재활용품으로 장난감을 만들고, 또 어떤 때는 밖으로 나가 꽃을 보고 그 꽃의 이름을 찾는 정말 단순한 놀이이다. 수년간 육아에 적극적으로 참여했던 선배 아빠들의 노하우를 녹여 만든 미션들이기에 아이들은 내 생각보다 너무 좋아했다. 과연 이런 놀이를 아이들이 재미있어 할까 싶은 미션들도 아이들의 눈높이에서는 세상 재밌는 놀이였다. 미션이라는 이름의 놀이를 아이와 함께하면서 많이 반성했다. 그동안 나름대로 아이들과 많이 놀아주려고 노력은 했으나, 실제로 아이들의 눈높이에서 많이 놀아주진 못했다는 생각이 들었다.

또 다른 좋은 점 중 하나는 다른 아빠들과 육아와 관련된 많은 정보를 공유할 수 있다는 것이다. 언제 어디로 가면 아이들과 무료로 참가할 수 있는 프로그램이 있는지, 어떤 장난감이 가성비가 좋은지, 아이들의 훈육은 어떻게 하면 좋은지 등 생생한 경험에서 나오는 진짜 정보들이 활동하는 내내 카페에 공유되었다. 나도 한 번씩 다른 아빠들이 노는 방식을 참고해서 아이들과 놀았는데, 아이들이 지금도 가장 좋아하는 놀이 중 하나가 '종이컵으로 성 만들기'다. 우연히 카페에서 선배 아빠가 아이들과 종이컵 1천 개(1박스)를 가지고 성을 쌓고 부수기를 반복하는 영상을 봤는데, 저렴하게 긴 시간 동안 집중해서 놀기에 이만한 게 없어 보였다. 바로 만 원도 안 되는 돈으로 종이컵 한 박스를 샀고, 속된 말로 진짜 뽕을 뽑고도 남았다.

한 번씩 오프라인 모임에 참여하는 것도 쏠쏠한 재미가 있었다. 온라인에서 'ㅇㅇㅇ 아빠'로 불리던 동기 아빠들을 오프라인에서 만나면 그것도 새로운 인연이 됐다. 육아라는 비슷한 관심사로 만나서 그런지 어떤 배경을 가지고 있는지는 중요하지 않았다. 그냥 서로 계급장을 뗀 어설픈 초보 아빠일 뿐이고, 서로 격려하고 응원하는 분위기가 좋았다. 모임 이후로 지금도 간간히 소식을 주고받는 동기 아빠들이 있는 걸 보면, 아이들을 통해서 새로운 관계를 형성할 수 있는 좋은 기회이기도 했다.

매주 주어지는 미션은 미루지 않고 아이와 바로바로 하려고 했다. 미션이 일단 공지가 되면 아이와 이야기를 나누면서 언제 어떻게 할지 정했다. 미션은 총 5가지로 나뉘었다. 놀이 미션, 교육 미션, 건강 미션, 일상 미션, 관계 미션이다. 각 미션은 멘토 아빠라고 불리는 선배 아빠들의 노하우를 바탕으로 만들어진다.

먼저, 놀이 미션은 말 그대로 어떻게 아이들과 즐겁게 놀 수 있는지에 대한 새로운 놀 거리에 대한 미션이다. 포스트잇으로 아이들과 집에서 간단하게 할 수 있는 '보물찾기' 미션이 대표적이다. 우리 집의 대략적인 평면도를 그리고 보물(포스트잇)이 숨겨진 장소를 대략 표시해놓는다. 아이들은 그 지도를 들고 주어진 시간 안에 아빠가 숨겨놓은 보물을 찾고, 찾은 보물은 아이들이 가질 수 있다. 이때 이 보물은 '책 읽어주기', '놀이동산 가기', '놀이터에서 1시간 놀기', '아이스크림 먹기' 등 아이가 평소에 하고 싶어 했던 소원들로 구성하면 된다.

교육 미션은 놀이 미션에서 약간의 교육적인 내용이 포함된 놀이다. 내가 수행했던 미션 중 하나는 '우리 동네 꽃을 찾아 그림 그리기'였다. 집 주변에 피어있는 꽃들을 관찰하고 그 꽃들을 직접 그려보는 미션이다. 근데 관찰하는 방법이 단순히 보고 만져보고 하는 것이 아니라 아이들이 관심을 최대한 끌어내기 위해서 스마트폰을 활용한다. 스마트렌즈라는 기능을 활용해서 꽃을 사진 찍으면 그 꽃의 이름과 관련된 정보들이 뜬다. 이처럼 교육 미션은 책상에 앉아서 책을 읽고 학습하는 것이 아니라 아이가 스스로 무언가를 찾는 놀이를 통해서 자연스럽게 새로운 지식을 얻는 미션이다.

건강 미션은 아이들과 건강한 생활 습관을 만들어보는 미션인데, 아빠와 함께 운동하거나 건강한 음식을 직접 만들어 먹어보는 것 등이 미션으로 주어졌다. 예를 들면, 건강하게 만들어 먹을 수 있는 음식을 하나 선정하고, 그것을 만들기 위한 재료들을 함께 정한 다음 직접 장을 본다. 그리고 그 재료들로 음식을 만들어 가족들과 함께 나눠 먹는 기회를 가진다. 미션이 끝난 뒤에는 기분을 서로 이야기해본다거나 그림으로 표현한다. 몸에 좋지 않은 과자에 익숙한 아이들에게 건강한 간식거리를 직접 만들어 먹게 함으로써 자연스럽게 건강함 음식에 대한 이해를 돕게 한다.

일상 미션은 일상생활 속에서 아주 쉽게 해볼 수 있는 미션들로 이루어져 있다. '스스로 손톱 깎기', '쓰레기 줍기', '시장에 가기' 등이다. 개인적으로 기억에 남는 미션은 '쓰레기 줍기'였다. 아이와 봉지와 나무젓가락을 들고 아파트 단지를 산책하며 눈에 보이는 쓰레기를 주웠는데, 생각보다 많은 쓰레기에 적지 않게 놀랐던 기억이 있다. 그 뒤로 아이는 등원길이나 산책길에 쓰레기가 보이면 이때 놀이를 떠올리며 쓰레기를 줍자고 나를 졸랐다. 따로 가르쳐주지 않아도 놀이를 통해서 자연스럽게 환경 보호에 대해 생각해볼 수 있었다.

마지막으로 관계 미션은 아이와 소통하는 방식에 대해 고민해보는 미션이다. '아이와 책을 읽고 느낀 점을 이야기하고 녹음하기', '종이로 이야기를 함께 만들기', '아빠의 취미를 함께 해보기' 등이다. '아이와 책을 읽고 느낀 점을 이야기하고 녹음하기'는 아빠가 책을 읽어주는 것으로 끝나지 않고 아이와 이야기하는 과정을 녹음하고 다시 들어보는 것이다. 내 목소리를 녹음하고 들어보면 매우 어색한 것처럼, 내가 아이에게 평소에 어떻게 이야기하고 책을 읽어주는지 객관적으로 돌아보는 기회가 된다.

이렇게 5가지 주제로 매주 미션이 주어지고 아빠들은 그 미션을 아이들과 함께 수행하고 카페에 인증하면 된다. 미션을 5가지로 구분해놨지만, 결국엔 다 같은 놀이다. 어떻게 아이들과 다양한 방식으로 놀아줄 것인가를 고민하게 만드는 미션들이다. 유아교육 전문가 이기숙 교수는 저서 《적기교육: 아이의 발달 속도에 맞는 최고의 양육법》에서 놀이를 이렇게 정의했다.

"놀이를 통한 학습은 무엇인가를 가르친다는 것이 아니다. 다시 말해 진도를 정하고 학습한 것에 대해 시험과 같은 평가를 하면 그것은 놀이 학습법으로서의 가치를 잃게 된다. 그런데 우리나라 부모들은 아이와 시계 놀이를 하면서도 시계를 보는 법을 가르치려고 한다. 놀이를 할 때는 아이가 시계를 가지고 마음껏 놀게 하자. 중요한 것은 간섭이 아니라 관찰이다. 부모의 세심한 관찰이 자기 아이를 객관적으로 볼 수 있는 방법이고 그것이 곧 가장 힘 있는 교수법이다."

쉽게 이야기하면, 아이들과 최대한 즐겁게 놀 수 있다면, 그것이 부모가 아이에게 해줄 수 있는 최고의 교육이라는 이야기다. 내가 이 프로그램을 육아에 관심 있는 지인들에게 추천하는 가장 큰 이유는 다른 아빠들의 육아 노하우를 배울 수 있기 때문이다. 아이와 어떻게 이야기해야 하는지, 아이와 어떻게 놀아야 하는지, 아이의 눈높이를 어떻게 맞출 것인지 등 다양한 것을 배울 수 있다. '세상에 배울 게 얼마나 많은데, 아이랑 노는 것도 배워야 해?'라고 생각하면 오산이다. 매 기수가 운영되는 6개월간 미션들만 잘 따라가도 초보 아빠를 탈출할 수 있다. 프로그램을 따라가다 보면 자연스럽게 주변 모든 것이 아이들과 함께 놀 수 있는 놀잇감이 될 수 있음을 깨닫게 된다. 이 모임에서 활동하는 아빠들을 보면 정말 대단하신 분들이 너무 많다. 어떻게 저렇게까지 하지 싶을 정도로 아이들과 부대끼고 이야기하고 놀아준다. 그렇다고 집에서 육아와 가사를 전담하는 아빠들도 아니다. 다들 직업이 있고 해야 할 일이 있으신 분들이다. 어떤 사명감보다 아이들과 함께하는 시간 자체로 힐링이 되기에 망설이지 않고 다양한 방식으로 아이들과 함께한다. 내가 아이들과 이것저것 하는 사진과 글을 보고 한 번은 출판사로부터 육아 관련 서적을 써보지 않겠냐는 제의가 들어온 적이 있었다. 처음에는 잠깐 '오, 나에게도 이런 기회가? 한 번 써볼까?'라는 생각도 들었지만, 생각하면 할수록 내가 쓸 수 있는 주제는 아니라는 생각이 들었다. 이 모임에는 내가 감히 육아에 '육' 자도 꺼낼 수 없는 '육아의 신들'이 너무 많기 때문이다. 실제로 그런 아빠 중 일부는 본인들의 노하우를 정리해서 책을 내기도 했다. 그 꾸준함과 열정에 지금도 반성하게 된다.

아이들과 더 즐겁게 신나게 놀아야겠다고 늘 다짐한다. 짧다면 짧고, 길다면 긴 〈100인의 아빠단〉 활동을 마치고 해단식에 아이와 함께 다녀왔다. 해단식에 가는 내내 아이가 얼마나 아쉬워하던지, 해단식 이후에 나도 그렇고 아이도 그렇고 한동안 매주 하던 미션이 없어서 허전했다. 그럼에도 6개월의 시간이 헛되지 않은 것이, 그 허전함을 메꾸기 위해 아이와 내가 서로 무엇을 하면서 놀지 상의하게 되었다는 것이다. 누구와 놀지, 어디서 놀지, 뭘 가지고 놀지 의견을 주고받는다. 가급적이면 아이의 의견을 먼저 실행에 옮기도록 도와주려고 노력한다. 아빠가 하고 싶은 놀이가 아닌 아이의 눈높이에서 하고 싶은 놀이가 진짜 놀이라는 것을 알았기 때문이다. 다른 일탈 프로젝트에 밀려서 〈100인의 아빠단〉이 되지 못했다면 나는 지금도 아이들과 산에만 주구장창 오르고 있었을지도 모르겠다. 배움에 끝이 없듯이 자라는 아이들의 눈높이에 맞춰 노는 방법 또한 꾸준히 배워야 한다. 아이들과 잘 놀고 있다고, 이미 좋은 아빠라고 자만하지 말고, 어떻게 새로운 방법으로 아이들과 즐겁게 놀지 고민해야 한다. 그 방법을 〈100인의 아빠단〉을 통해서 배울 수 있었다.

〈100인의 아빠단〉 해단식에서 아쉬움에 사진을 찍는 아이와 보건복지부장관으로부터 받은 감사장

04 매일 아침 베란다 텃밭에서
야채와 과일을 따서 먹어요

첫째가 이유식을 시작하면서 아이들의 식습관에 관해 고민하기 시작했다. 개인적으로 밥상머리 교육은 개인의 인성과 생활에 큰 영향을 미친다고 생각하기 때문에, 아이들이 반찬 투정을 하거나 산만하게 밥을 먹는 행동은 반드시 어릴 때 바로 잡아줘야 한다는 믿음이 있었다. 그런 밥상머리 교육 중 하나가 아이들의 편식과 관련된 것인데, 아이들이 주어진 밥과 반찬은 가급적이면 가리지 않고 다 먹도록 일찍부터 가르쳤다. 근데 희한하게도 많은 아이가 그러는 것처럼, 우리 아이도 다른 것들은 대체로 잘 먹는데 유독 야채에 대해서는 거부감을 가지고 있었다. 보이지 않게 잘게 다져 넣은 야채도 냄새로 귀신같이 알아채고 먹기를 거부하는 걸 볼 때마다 이건 인간이 기본적으로 탑재하고 태어나는 옵션인가 싶은 생각이 들기도 했다.

가끔씩 아이가 이유 없이 야채를 먹지 않겠다고 생떼를 쓸 때마다 적잖게 스트레스를 받았고, 어떻게 하면 이 식습관을 바로 잡아줄 수 있을지 고민이 되었다. 관련된 책도 찾아보고 카페에서 다른 부모들의 후기를 봤지만, 부모와 아이 모두 만족할 만한 방법을 찾지 못했다. 그러던 중 블로그 이웃 중 아파트 베란다에서 텃밭을 가꾸는 분의 글이 눈에 띄었다. 이분은 베란다에서 수십 종의 야채와 과일을 키우고 있었는데, 노지에서나 자랄법한 야채가 땅이 아닌 베란다에서 실하게 자라는 모습에 굉장히 놀랐다. 상추, 치커리, 겨자채 같은 쌈 채소는 기본이고 토마토, 파프리카, 당근 같은 것도 키우고 있었다. 갑자기 머릿속에 이런저런 상상이 펼쳐졌다.

'이게 아파트 베란다에서 가능하다고? 나도 한 번 해볼까?'
'몇 개의 화분을 빼고는 텅 비어있는 우리 집 베란다가 텃밭으로 채워진다면 어떨까?'
'아이들이 언제라도 야채를 뜯어먹고 과일을 따 먹을 수 있는 환경이라면?'

야채를 부모의 의지로 강제로 먹이기보다, 자연스럽게 친해질 기회를 먼저 준다면, 녹색 야채에 대한 아이의 거부감이 없어질 수도 있겠다는 생각이 들었다. 일단 우리 집 베란다에서 텃밭으로 만들 수 있는 공간을 먼저 파악했다. 줄자와 펜 그리고 노트를 들고 이렇게도 그려보고 저렇게도 그려보며 텃밭으로 가꿀 수 있는 공간을 먼저 정했다. 그다음 그 공간에 들어갈 수 있는 적절한 사이즈의 화분들을 인터넷에서 찾았다. 그리고 마지막으로 이 텃밭에서 아이와 함께 키워보고 싶은 씨앗들을 구매했다. 처음 시작하는 것 치고는 생각보다 규모가 크게 시작하긴 했는데, 안 그랬으면 참 아쉬울 뻔했다. 야채별로 파종해서 수확하는 데까지 걸리는 시간이 모두 다르다 보니 한두 종의 쌈 채소만 키웠으면 금방 텃밭이 텅 비었을 수도 있었는데, 다양한 씨앗을 심었더니 텃밭이 일 년 내내 푸르게 유지되었다.

텃밭을 만들기로 하고부터 아이에게 계속 이야기를 해주었다. 우리는 이제부터 녹색 친구들을 베란다에서 키울 거고, 그 녹색 친구들과 사이좋게 지내야 한다고 말이다. 텃밭을 가꾸는 걸 하나의 재미있는 놀이 정도로 이해했는지 다행히도 아이는 큰 관심을 보였다. 주문한 화분 받침대, 흙, 화분, 씨앗들이 도착하자마자 아이와 함께 베란다 텃밭을 만들었다. 화분에 흙도 같이 채워 넣고 직접 손으로 만져보기도 하고, 손가락으로 흙에 구멍을 내고 씨앗도 넣었다. 그렇게 베란다에 아이와 함께 작은 텃밭을 만든 이후로 아이는 눈만 뜨면 녹색 친구들에게 물을 주겠다고 눈곱도 안 떼고 분무기를 들고 베란다로 나갔다. 벌써 그렇게 아이와 베란다 텃밭을 가꾼 지도 햇수로 6년이 되었다.

시작은 아이에게 야채와 친해질 기회를 주기 위해서였지만, 그 외에도 베란다 텃밭은 다양한 즐거움을 준다. 일단, 눈으로 보는 재미가 있다. 다소 삭막할 수 있는 베란다가 텃밭이라는 이름의 흙과 야채를 통해서 녹색의 푸름으로 채워진다. 거실 소파에 앉아서 베란다를 보고 있으면 하루가 다르게 자라는 야채들로 지루할 틈이 없다. 자라는 야채들과 창밖 너머로

처음 베란다 텃밭을 구상하면서 그렸던 노트와 텃밭에 관심이 많았던 아이

보이는 하늘이 매치가 되어 마음이 정화되는 느낌이다. 베란다 쪽에 놓여 있는 테이블에 앉아서 일하거나 책을 읽다가 한 번씩 고개를 돌려 베란다 텃밭을 보면 기분전환이 되었다.

또, 베란다 텃밭은 입을 즐겁게 한다. 베란다 텃밭에서 자라는 야채를 하나씩 수확할 때면 세상 어떤 먹거리와 비교해도 부럽지 않다. 아이들은 하루에도 몇 번씩 베란다로 나가서 수확할 게 없는지 찾는다.

(첫째) "오늘은 케일이 많이 자랐으니까, 케일 주스 먹으면 어때?"

(첫째) "야채가 엄청 많이 자랐으니깐 오늘은 할머니 할아버지랑 같이 고기 먹으면 어떨까?"

(둘째) "토마토가 열 개나 빨개졌어. 밥 먹고 따 먹어야지!"

수확한 야채는 바로 우리 집 식탁으로 올라오는데, 아이가 직접 수확한 야채를 가지고 함께 음식을 만들면 야채를 그렇게 잘 먹을 수가 없다. 짜장면에 야들야들하게 자란 밀싹을 넣어 먹기도 하고, 각종 쌈 채소를 수확해서 삼겹살 파티도 한다. 주말 아침엔 베란다에서 케일을 따다가 사과, 바나나와 함께 갈아 주스를 만들어 먹는다. 베란다에 야채가 자라고 있는 것만으로도 곳간에 쌀이 가득한 느낌이다.

그리고 무엇보다 야채를 먹지 않는 아이의 편식을 확실히 고칠 수 있다. 장담하건대 편식을 고치는 최고의 방법 가운데 하나는 텃밭을 통해 야채와 친해지는 것이다. 내가 애착을 가지고 직접 가꾸는 텃밭을 통해서 녹색 야채에 대한 거부감이 사라진다. 아이에게는 성취감과 재미가 남을 뿐이다. 지금도 우리 아이들은 베란다에서 많은 야채를 수확한다. 얼마 전 둘째가 다니는 어린이집에 상담을 위해 와이프가 다녀왔다. 선생님이 말씀하시길 "다른 아이들은 야채를 포함해서 가리는 음식이 조금씩은 있는데, ○○는 진짜 뭐든지 잘 먹어서 음식을 남기는 법이 없다."라고 하셨단다. 첫째 때도 어린이집과 유치원에서 종종 들었던 이야긴데, 둘째도 그렇게 편식 없이 생활을 잘하고 있다는 이야기에 대견했다. 원래도 먹성이 좋은 편이지만 베란다 텃밭도 한몫한 게 틀림없다는 생각이 들었다. 이제는 첫째가 4살 터울의 동생에게 텃밭 교육을 하고 있다. 6년 차 베란다 농부의 노하우를 한껏 뽐낸다. 첫째는 가끔은 내가 미처 신경 쓰지 못한 것도 챙기는 베란다 농부가 되었다. 누나 바라기인 동생은 당연히 누나가 해주는 말이 재미있어서 그대로 따라 한다. 오늘도 베란다 텃밭의 조기 교육이 대물림되고 있다.

(첫째) "이건 고수라는 건데 좀 매워. 한번 먹어볼래?"

(첫째) "토마토가 지금은 녹색인데, 빨개질 때까지는 따면 안 돼. 알았지?"

(첫째) "야채를 자를 때는 이렇게 밑에를 잘라야 해."

(첫째) "낑깡나무에 핀 꽃 냄새 맡아볼래? 냄새가 엄청 달콤해."

작은 베란다 텃밭이지만 막상 해보면 손이 참 많이 간다. 매일 살펴보면서 영양분이 부족한 건 아닌지, 물을 너무 많이 준 건 아닌지, 햇빛은 제대로 들고 있는지 등 챙겨야 할 것들이 부지기수다. 진딧물이라도 생기는 날에는 만사 제쳐두고 친환경 살충제도 만들어서 뿌려준다. 그러고 보니 텃밭을 가꾸는 일이 아이를 키우는 것과 크게 다르지 않은 것 같다. 씨앗을 뿌리고 수확을 할 때까지 짧으면 한 달 길면 반년이 걸리는데, 그동안 하루도 빠지지 않고 정성을 다하는 일이 분명 쉬운 일은 아니다. 눈을 떠서 감을 때까지 하루에 몇 번이고 베란다로 나가 텃밭부터 살펴본다. 며칠이라

그동안 베란다에서 수확한 야채로 정말 많은 음식을 해 먹었다

도 집을 비우는 날에는 근처에 계시는 장모님께 물주기도 꼭 부탁드린다. 그렇게 6년 가까이 텃밭을 가꿀 수 있었던 이유는 오직 아이들이 좋아하기 때문이다. 베란다 텃밭이 없었다면 아이들이 베란다에 나갈 일은 아마 거의 없었을 거다. 세워져 있는 자전거, 화분 몇 개, 온갖 잡동사니로 가득 차 있던 공간이었으니 당연히 아이들의 관심 밖일 수밖에 없다. 그런 의미 없던 공간이 베란다 텃밭이 되고 아이들의 또 다른 놀이터가 됐다. 작은 모종삽 하나 들고 쪼그리고 앉아 흙 놀이를 하고, 아빠 핸드폰을 들고 나가 주렁주렁 달린 토마토 사진을 찍기도 한다. 가끔 베란다 밖 난간에서 자라고

있는 호박에 앉은 무당벌레를 보고 무섭다고 소리를 지른다. 이 모든 것이 아이들에게 새로운 놀이고 교육이다. 아이들의 모습을 보고 있으면 텃밭이 자라는 만큼 아이들도 함께 자라는 것 같아서 덩달아 나도 기분이 좋다. 영화를 보다 보면 가끔 한 기업의 회장님이 근엄한 표정으로 소파에 앉아서 난을 닦고 있는 장면들이 나올 때가 있다. 그때는 '왜 쓸데없이 난을 닦고 있지?'라고 생각했는데, 이제는 내가 딱 그런 마음이다. 텃밭을 바라보면 그렇게 마음이 차분해진다. 뒤숭숭한 마음이나 우울한 마음은 거실 소파에 앉아 텃밭을 바라보는 짧은 시간에는 모두 사라진다.

비어있는 공간이 집안 어딘가에 있다면 작은 텃밭을 가꾸지 않을 이유가 없다. 어른이나 아이 모두에게 이렇게 좋은데 말이다. 어떤 CF의 카피처럼 정말 좋은데, 어떻게 설명할 방법이 없다. 베란다 텃밭을 통해서 일과 스트레스를 잠시 잊어보길 바란다. 행복은 진짜 멀리 있지 않다.

베란다 텃밭에서 수확한 알타리와 당근 그리고 아이들과 아침마다 갈아먹는 케일

[베란다 텃밭을 시작하는 데 도움이 되는 사이트]

* 나만의 베란다 텃밭 이야기(https://cafe.naver.com/mygarden77)

베란다 텃밭을 가꾸는 사람들이 정보를 나누는 온라인 동호회다. 약 2만 5천 명의 회원이 활동하고 있으며, 베란다 텃밭과 관련된 웬만한 정보들이 다 있다. 특히, 초보자라면 다른 사람들이 올려놓은 베란다 텃밭 사진과 각종 야채와 과일 등을 참고해서 나만의 텃밭을 구상할 수 있다. 남는 씨앗을 회원들끼리 나누는 프로그램이나 이벤트 등도 있으니 조금만 부지런하면 다양한 도움을 받을 수 있다. 초보자라면 이 카페만으로도 충분히 베란다 텃밭을 하는 데 무리가 없을 정도로 많은 정보가 올라와 있으니 참고하면 좋다.

{ 나만의 베란다 텃밭 이야기 } 봄의 끝자락과 여름이야기
https://cafe.naver.com/mygarden77
©GoodChoice

아이에게 성취감을 줄 수 있는 공모전에 도전하세요

유년 시절 소질은 없었지만 나는 물감을 좋아하고 사람이나 사물을 보고 따라 그리기를 좋아하던 아이였다. 서로 다른 색의 물감이 섞여 새로운 색이 될 때면 어찌나 신기했는지 시도 때도 없이 물감을 짰던 기억이 있다. 또 당시 손바닥만 한 해적판이라 불렸던 작은 만화책을 보면서 《드래곤볼》, 《란마1/2》, 《쿵푸보이친미》, 《닥터슬럼프》 등 안 그려본 캐릭터가 없을 정도였다. 실력과 무관하게 그림 그리는 것 자체를 좋아했다. 멋진 악기를 다루거나 특별나게 잘하는 운동이 있는 아빠가 아니었기에 집에서 아이와 그나마 가장 쉽게 할 수 있는 놀이가 그림 그리기였다. 회사에서 퇴근하고 집에 오면, 아이와 놀다가도 자기 전엔 꼭 바닥에 엎드려 함께 그림을 그리는 게 일과의 마지막 순서였다. 아이와 어떤 그림을 그릴지 먼저 이야기한 다음, 아이가 원하는 모양과 색깔에 맞춰 함께 그림을 그리고 그 그림에 걸맞은 이름을 지었다. 우리는 주로 동물을 많이 그렸는데, 생각보다 기발하고 유쾌한 이름을 지어주는 아이의 순수함에 놀랄 때가 많았다.

(나) "왜 이 기린은 이름이 '하늘 기린'이야?"

(첫째) "왜냐면, 기린은 목이 엄청 길잖아. 그래서 얼굴이 하늘까지
　　　　닿을 수도 있어."

(나) "왜 이 코끼리 이름은 '가지 코끼리'라고 지었는지 이야기해줄
　　　수 있어?"

(첫째) "있잖아. 저번에 동물원에서 코끼리를 봤는데, 코끼리 코가 가
　　　　지처럼 구부러져 있고, 색깔도 가지처럼 보라색 같아서 그렇
　　　　게 지었어."

(나) "개구리 이름 진짜 멋지다. '메롱 개구리'가 뭐야! 너무 웃기다."

(첫째) "아빠 개구리 봤어? 개구리는 혀가 엄청 길어. 날아가는 파리
　　　　도 잡아먹어. 개구리가 혓바닥을 메롱 메롱 하거든. 그래도 이
　　　　개구리 이름은 '메롱 개구리'야."

매일 저녁 그림 그리던 아이의 모습과 아이와 함께 그린 그림들

목이 하늘까지 닿을 것 같다고 지은 '하늘 기린', 코가 가지처럼 길다고 지은 '가지 코끼리', 혀를 내미는 모습이 메롱 하는 거 같다고 지은 '메롱 개구리'처럼 아이의 눈높이에서 지은 재미있는 이름이 많았다. 매일 저녁 아빠와 함께 그리는 그림에 즐거워하는 아이 모습에 그림 그리는 걸 멈출 수가 없었다. 처음에는 숙제처럼 시작했던 놀이가 이제는 하지 않으면 오히려 어색한 아이와 나만의 축제 같은 일상이 되어버렸다. 그렇게 우리는 많은 그림을 그렸다. 매일 그림을 그리는 것이 재미있기는 했지만, 좋아하는 웬만한 동물을 다 그리고 나서는 아이가 조금씩 지루해하기 시작했다. 그래서 아이에게도 새로운 동기 부여가 될 만한 무언가가 있으면 좋겠다는 생각이 들었다.

아이가 놀이든 공부든 아이가 지루해하면 기존에 하던 방법이 아닌 새로운 자극이 될 수 있는 다른 방법으로 재미를 찾아주는 것이 중요하다. 어떻게 하면 아이가 계속 그림 그리기에 재미를 느낄 수 있을까 고민하던 중 공모전에 한번 도전해보면 좋겠다는 아이디어가 떠올랐다. 광고학도인 나에게 공모전이라는 단어는 매우 친숙했고, 실제로 사회생활을 하는 동안에 다양한 형태로 공모전에 응모했던 경험이 있었기에 아이들을 대상으로 하는 공모전이 있다는 걸 알고 있었다. 내가 이용하는 공모전을 모아둔 사이트에 접속해서 아이가 참가해볼 만한 공모전을 찾았는데, '유아흡연 예방교육 우수사례'와 관련된 공모전이 눈에 띄었다. 이거다 싶었다. 공모전이라면 아이에게 새로운 자극을 줄 수 있는 좋은 방법이 될 수 있겠다 싶었다.

이 공모전이 아이와 내가 처음으로 응모한 공모전이었다. 주제는 간단했다. 아이들에게 흡연에 대한 경각심을 주고 교육적인 자료로 사용할 수 있는 경험을 수기로 작성해서 제출하는 것이었다. 평소에도 비흡연자였던 나는 아파트 복도를 따라 올라오는 담배 연기 때문에 신경이 쓰였던 터라 공동체 생활 속에서 흡연 매너에 대한 이야기를 아이와 함께 나누었다.

(나) "엘리베이터 타려고 기다릴 때, 한 번씩 이상한 냄새가 나잖아? 그건 어른들이 피우는 담배 때문에 나는 냄새야. 유치원에서 담배가 뭔지 배운 적 있지?"

(첫째) "응, 담배 뭔지 알아. 입에서 연기 나오는 거잖아. 근데 아빠, 그 냄새는 엄청 지독해."

(나) "맞아, 그런 냄새 때문에 우리가 코를 막게 되잖아. 다른 사람에게 피해를 안 주려면 밖에 나가서 정해진 데서만 피워야 하는데, 아마 그런 걸 잘 모르는 어른인가 봐."

(첫째) "왜 어른인데 그걸 모르지? 나도 아는데…."

(나) "어른이라고 다 아는 건 아니니깐, 우리가 알려주면 되지."

(첫째) "우리가 알려줄까? 나는 저번에 유치원에서 배웠거든."

이런 대화를 통해서 아이에게 자연스럽게 공모전 주제에 대해 알리고 관심을 유도했다. 우리는 '담배 피지 말아주세요.'라는 메시지를 담은 그림을 그려서 엘리베이터에 붙여놓기로 했다. 아이는 주최 측에서 제공하는 그림에 색칠하는 것을 담당하고, 나는 그 과정을 글로 쓰기로 역할을 나눴다. 아이는 공모전을 평소에 하던 것과는 조금 다른 형태의 그림 그리고 이름을 정하는 놀이 정도로 생각했다. 이야기를 충분히 나눴기에 그림에 색칠하고 글을 쓰는 데 시간이 오래 걸리지는 않았다. 그리고 며칠 뒤에 우리의 이야기가 우수상에 선정되었다는 연락을 받았다. 그냥 재미있을 것 같다는 생각으로 응모했을 뿐인데 우수상이라니, 대박을 연신 외치며 아이에게 우리 그림을 사람들이 너무 좋아해서 상을 준다는 이야기를 해줬다. 아이도 일단 상을 준다니 그 상이 무엇인지는 몰라도 일단 너무 좋아했다. 나는 시상식에 참가해서 상장과 상금을 받았고, 상금으로 할아버지 할머니를 초대해서 다 같이 맛있는 고기를 먹었다. 아이가 참가해서 받은 상금으로 쏘는 저녁 식사라고 말씀드렸더니, 할머니 할아버지가 아이에게 대단하다고 칭찬해주었다. 당연히 아이는 그 의미가 무엇인지는 정확히 몰라도 상당히 자랑스러워했다.

공모전에 나갈 그림에 색칠하는 첫째와 시상식에 참가해서 받아온 상장

아이와 함께 참여했던 첫 공모전에서 기대하지 않던 수상까지 하고 나니 우리는 자신감이 생겼다. 일단 아이부터 또 언제 그림 그리기 대회에 나갈 수 있냐고 자주 물었고, 나는 아이와 응모해볼 수 있는 공모전을 찾았다. 그 뒤로 몇 차례 다른 공모전에 응모했지만, 아직 수상을 또 하지는 못했다. 그렇지만 수상과는 별개로 아이와 나는 공모전을 준비하는 자체로 즐겁다. 공모전 주제에 관해 이야기하고, 그 이야기를 어떤 식으로 그릴지 상의하고, 어떤 도구를 이용할지 정하는 과정이 재미있다. 공모전에서 수상하지 못했다고 해서 아이가 실망하거나 풀이 죽진 않는다. 애초부터 공모전에 접근하는 방식이 수상을 위함이 아니라 다소 느슨해진 그림 그리기에 새로운 동기를 주기 위함이었기 때문이다.

다행히 지금도 아이는 그림 그리기를 매우 좋아한다. 예전처럼 나랑 매일 그림을 그리는 건 아니지만, 스스로 다양한 그림을 그려낸다. 사람 얼굴을 관찰해서 그리기도 하고, 캐릭터와 대사가 있는 만화를 그릴 때도 있다. 그리고 여행을 갈 때면 꼭 색연필과 노트를 챙겨가는데, 여행 중에 본인이 보고 느끼는 대로 스케치한다. 한 번은 아이들과 제주도로 캠핑카 여행을 갔었다. 모처럼 날씨가 개서 논짓물이라는 곳에서 다 같이 산책을 하고 있었다. 길 따라 도란도란 이야기하며 걷고 있는데, 옆에 있던 아이가 점점 느릿느릿 걷기 시작하더니 결국 한참을 뒤처졌다. 아이가 올 때까지 나와 와이프는 조용히 기다렸는데, 가까이 온 아이가 들고 있던 노트에는 연필로 그려진 한라산이 있었다. 여행 중에 날씨가 좋지 않아 보이지 않았던 한

라산이 산책길에 구름 사이로 보이길래 그 산이 너무 멋져서 그렸단다. 보통 이런 식이다. 어디든 가면 일단 보이는 대로 뭐든 그리는 걸 좋아한다. 노트가 없으면 휴지에라도 뭘 그리고 써서 주는 아이다. 나도 그림을 좋아하지만 아이도 나와 비슷한 것 같아서 좋다. 함께 공감하고 공유할 수 있는 같은 취미가 생긴 것 같아서 좋다.

어디서든 그림 그리는 걸 좋아하는 아이들이 그린 다양한 그림들

이렇게 그림을 좋아하는 아이가 되는 데 공모전이 큰 역할을 했다. 만화 《슬램덩크》의 명대사인 "왼손은 거들 뿐."처럼 '공모전은 거들 뿐'이다. 아이가 조금 더 다양한 주제의 그림을 그릴 수 있는 기회를 공모전이라는 방법을 통해서 제공한다. 그리고 운이 좋으면 상이나 상장을 받을 수도 있다. 요즘은 이런 공모전을 잘 정리해서 소개해주는 사이트가 많다. 나도 그런 사이트 중 한 곳을 정해놓고 한 번씩 훑어보며 아이와 참여해볼 만한 공모전이 있는지 찾는다. 찾은 공모전 모집 요강은 출력해서 아이에게 먼저 보여주고 해당 주제로 그림을 그려볼 것인지 묻는다. 아이가 별로 관심 없는 주제는 강요하지 않는다. 공모전을 강요해서 아이에게 스트레스를 주고 싶은 생각은 전혀 없다. 그냥 애초 생각한 대로 그 목적에 충실하게 공모전을 활용한다면 아이의 성장에 작은 에너지를 만들어줄 수가 있다. 그게 그림이든 글이든 운동이든 말이다.

얼마 전에도 SH공사에서 주최하는 공모전에 응모했다. 코로나 시국에 집에 있으면서 즐거웠던 가족 이야기를 그리는 주제였는데, 학교도 제대로 못 가고 친구들도 못 만나면서 지루해하는 아이에게 다른 놀 거리를 제공하기 위해 아이가 관심 있어 하는 주제를 골라 그림을 그려 응모했다. 공모전에 참가할 때 나의 역할은 주제에 대한 설명과 어떤 그림을 그릴 것인가 아이와 이야기하는 것까지다. 그 이후에 어떤 식으로 그림을 그리든지 그건 온전히 아이의 몫이다. 주제에 관한 이야기가 끝나면 아이는 자기 방에 들어가서 자기만의 방식으로 그림을 그려서 나온다. 나는 그 그림을 그대로 응모해주면 끝난다. 맞든 틀리든 일단 이야기가 끝나면 스스로 그림 하나를 완성해오는 아이를 보면 참 대견하다.

요즘 초등학교는 공모전을 점차 줄여나가는 추세라고 한다. 공모전도 부익부 빈익빈이라고 늘 입상하는 친구들이 정해져 있다 보니, 상을 받지 못하는 아이들이 느끼는 실망감이 크고 자존감도 낮아지는 폐해가 발생하기 때문이다. 이런 공모전의 폐해는 공모전을 오로지 경쟁의 수단과 방법으로 생각하는 부모의 욕심이 만든 아이들의 상처라고 생각한다. 공모전에 나가면 반드시 상을 받아야 하고, 그러기 위해서 미술학원, 스피치학원, 영어학원으로 아이들은 내몰린다. 부모의 욕심이다. 부모가 그런 욕심을 조금만 내려놓고 경쟁이 아닌 함께 즐길 수 있는 공모전을 찾는다면 아이는 물론이거니와 부모도 성장할 기회가 될 것이다. 공모전을 선정할 때 상금과 규모를 먼저 따질 것이 아니라, 부모와 아이 모두가 관심 있는 주제의 공모전을 고르는 것이 맞다. 조금만 찾아보면 그림 그리기, 글쓰기, 노래하기, 각종 만들기 등 정말 다양한 형태와 주제의 공모전이 많다는 걸 알 수 있을 것이다. 그중에 하나를 골라 아이와 준비하는 과정 자체를 즐기면 된다.

하루에 몇 번씩 와이프와 우리 아이들에게서 어떤 재능을 찾아줄 것인가에 관해 이야기하지만 명쾌한 방법을 찾거나 결론을 내지 못한다. 우리의 대화는 늘 "지금 아이가 하고 싶은 걸 충분히 하게 해주자."로 끝이 난다. 우리도 어렸을 때 다 겪어보지 않았는가. 누가 시키거나 학원에 간다고 부모의 바람대로 우수한 성적이나 일취월장한 실력이 생기지 않는 걸 너무 잘 알고 있다. 오로지 '재미'만이 우리 부부의 교육철학이다. **재미있어야 스스로 한다. 스스로 해야 오래 할 수 있다.** 나는 그 재미를 찾는 하나의 방법으로 공모전을 활용하고 있다. 잘만 활용할 수 있다면 공모전만큼 재미있는 것도 없다. 내 아이를 관찰하고 아이가 원하는 방식으로 공모전에 도전해보길 추천한다.

[아이와 함께 쉽게 그림 그리는 TIP]

* 아트 포 키즈 허브(https://www.youtube.com/user/ArtforKidsHub)

아빠가 아이에게 다양한 캐릭터를 쉽게 그릴 수 있는 방법을 가르쳐 주는 유튜브 채널이다. 난이도가 나누어져 있고 다양한 캐릭터와 사물이 있는데, 한 그림당 보통 15분 내외로 그릴 수 있다. 나도 한동안 아이와 다양한 캐릭터를 따라 그리는 재미에 빠졌다. 단순하지만 반복적으로 사용하는 그림 패턴(점, 선, 면)을 통해서 아이의 표현력이 다양해진다. 그림에 관심 있는 아이라면 이 채널을 활용해보면 좋다. 영어로 진행하긴 하지만, 그림 그리는 데 언어가 장벽이 되진 않는다.

채널에 올라와 있는 다양한 캐릭터 영상과 이 영상을 보고 따라 그리던 아이의 모습

타인의 시선에서 자유로울 수 있는 사람이 얼마나 될까. 가깝게는 가족부터 멀게는 일면식 없는 사람들까지, 우리는 매 순간 내가 아닌 타인의 눈치를 보며 산다. 고백하건대 지금까지 나는 사람들의 눈치를 진짜 많이 보며 살았다. 일종의 착한 사람 콤플렉스가 항상 내면에 있었는데, 늘 다른 사람의 감정을 먼저 배려하고 그들로부터 좋은 사람으로 인정받으려는 내면의 욕구와 바람을 억누르는 방어기제를 가지고 살았다. 대체로 타고난 천성이 온화하고 유한 편이기는 하지만 굳이 그러지 않아도 될 상황에서도 그러고 있는 나를 발견할 때면 답답할 때가 많았다. 하지만 이런 타인의 시선을 내 감정보다 먼저 배려하던 성격은 다양한 일탈 프로젝트를 통해서 조금씩 바뀌기 시작했다. 사회적으로 지탄받거나 위법한 일이 아니라면, 더이상 눈치 보지 않고 하지 못했던 일을 해보기로 마음먹었다. 늦바람이 무섭다고 했던가. 과거의 나였다면 생각지도 않았을 선택, 그동안 해보고 싶었는데 못 해서 아쉬웠던 일을 인제와서 하나씩 하고 있다.

남들 눈치 안 보고
혼자 할 수 있는 일탈

01

170만 명이
제가 쓴 글을 읽었습니다

회사에 대한 집착과 기대치를 내려놓으면서 상식적인 일이 비상식으로 바뀌고, 비상식적인 일이 상식으로 바뀌기 시작했다. 삶이 곧 일이라던 멋진 동료들이 불쌍해 보였고, 반대로 그 사이에서 균형을 잘 잡는 동료들은 대단해 보였다. 전혀 다른 눈으로 세상과 회사를 바라보기 시작하면서 그 생각들을 하나씩 기록했다. 원래 무엇이든 메모하고 기록하는 걸 좋아하는데, 누구를 보여주기 위해서가 아니라 나중에 다시 돌아보기 위해서다. '그 때는 내가 이런 생각을 했었구나.'라고 기억을 상기시켜 지금의 나와 비교하는 재미가 있다. 한때는 이런 글쓰기를 좀 체계적으로 정리해보려고 블로그도 해봤는데, 광고성 제의도 너무 많았고 무엇보다 어느 순간 내 생각이 아닌 남에게 보여주기 위한 글을 쓰는 나 자신을 발견하고는 바로 접어버렸다. 아무튼 그 무렵부터 생각이 바뀐 나에 관한 이야기와 회사에서 내가 보는 사람, 규칙, 매너, 상식 등에 대해서 조금씩 관찰하고 기록하기 시작했다.

　글이 쌓이기 시작하면서 나의 이런 생각들이 과연 얼마나 상식적이고 일반적인지 궁금해졌다. 내가 회사 일에 더 이상 100% 에너지를 쏟지 않고, 회사 밖에서 나와 가족을 위해 에너지를 쏟아가며 시작한 일탈에 사람들은 얼마나 공감할지 궁금했다. '내가 과연 잘하고 있는 걸까?', '사람들은 이런 나를 어떻게 볼까?' 그동안 솔직하게 써왔던 글을 사람들에게 오픈하고 싶어졌다. 처음에는 발가벗겨지는 기분이라 글을 오픈하는 데 조금 망설였지만, 사람들의 시선은 외면하고 마음먹은 대로 글을 써보기로 했다. 한창 글을 쓰다가 실패했던 블로그에는 글을 연재하고 싶지는 않다. 글을 연재할 만한 곳을 찾던 중 카카오다음에서 새롭게 런칭한 브런치(https://www.brunch.co.kr/)라는 작가 양성 플랫폼이 있다는 걸 알게 되었다. 기존의 정보 제공 중심의 블로그와 다르게 철저하게 글 쓰는 데 집중할 수 있도록 만들어진 플랫폼이었다. 그렇다고 블로그처럼 누구나 쓸 수 있는 것이 아니라 일정 분량 이상의 글 한 편을 쓴 다음 브런치 작가로 승인을 받아야만 글을 쓸 수 있는 자격이 생겼다. 써놨던 글 한 편을 다듬어서 보냈고, 얼마 뒤 브런치 작가로 활동할 수 있다는 승인 메일을 받았다. 나는 그때부터 본격적으로 브런치 작가로 활동하게 되었다.

　브런치에는 사람들의 솔직한 생각이 담긴 글이 대부분이었다. 한때 광풍처럼 불었던 회사를 그만둔 이야기부터 사랑, 죽음, 가족, 육아, 일 등 정말 다양한 주제의 글이 많았다. 최소한 글쓰기에 관심이 있는 사람들이 많은 곳이라 그런지 확실히 글의 다양함과 깊이가 있었다. 다른 사람들의 글을 통해 용기도 얻고 배우기도 했다. 글을 읽는 재미도 있었고, 글을 쓰는 재미도 있었다. 나도 그동안 써놨던 글을 다듬어서 '직장인 현실조언'이라는 카테고리에 들어갈 만한 글로 바꾸어 한 편씩 올리기 시작했다. 당시만 하더라도 '직장인 현실조언' 카테고리에는 '퇴사'와 관련된 글이 주를 이루고 있었는데, 나는 퇴사가 아닌 회사에서의 마음가짐에 관한 이야기를 주제로 글을 썼다. 내가 경험하고 느낀 대로 왜 회사에서 기대치를 낮춰야 하며, 왜 회사 밖에서 기회를 찾아야 하는지에 대한 이야기를 연재하기 시작했다.

처음에는 와이프밖에 없던 구독자가 매일 한두 명씩 늘어났고, 가끔 달리는 댓글에 신이 나서 감사하다는 댓글을 달기도 했다. 브런치에 글을 연재한 지 꼭 11일째 되는 날이었다. 여느 때와 마찬가지로 운전해서 퇴근하는 길이었는데, 광화문 앞을 지날 즈음부터 주머니에 있던 핸드폰에서 계속 진동이 느껴지기 시작했다. 운전 중이라서 나중에 확인하면 되겠지 싶어 바로 확인하지 않았는데, 조금 있다가 친한 거래처 매니저님에게 전화가 왔다. 퇴근 시간 이후에 거래처로부터 걸려온 전화였기에 당연히 급한 일인가 싶어 전화를 받았다.

(매니저) "팀장님, 안녕하세요. 지금 뭐 하고 계세요?"
(나) "저는 집에 가는 길인데요, 왜요? 무슨 일 생겼어요?"
(매니저) "그런 건 아닌데요. 지금 운전 중이시겠네요. 그럼 짧게 뭐

하나만 물어볼게요. 혹시, ○○○○가 팀장님이세요?"

(나) "○○○○요? 아…. 그건 어떻게 아셨어요?"

(매니저) "와, 대박이다. 진짜 팀장님 맞네요. 제가 이 글 보고 혹시
팀장님이 쓴 글인가 생각했는데. 팀장님이 쓴 글이 포털 사
이트에 올라와 있어요."

(나) "네? 제 글이 포털 사이트에 올라와 있다고요?"

(매니저) "아직 못 보셨구나? 한번 보세요. 그나저나 멋지십니다. 구
독하고 갑니다."

(나) "아, 네네. 저도 어떤 글이 올라왔는지 좀 볼게요. 알려주셔서
감사해요, 매니저님."

○○○○는 브런치에서 내가 사용하는 필명이었는데, 며칠 전에 내가 썼
던 글 중 하나가 다음 포털 사이트 '직장인 대나무 숲'이라는 페이지 메인
에 올라왔고, 평소에 그 페이지의 글을 자주 읽던 매니저님이 퇴근길에 글
을 읽다가 그 글을 쓴 사람이 왠지 나인 것 같은 느낌을 받고 혹시나 하는
마음에 전화를 한 거였다. 매니저님과 통화를 끝내고 해당 페이지를 찾아
서 들어갔더니 진짜 내 글이 포털 사이트 메인 페이지에 떡하니 자리 잡고
있었다. 기분이 참 묘하고 얼떨떨했다. 그런 생각들도 잠시, 아까 계속 울
려대던 핸드폰 진동이 생각났다. '그럼… 아까 그 진동들도?' 부랴부랴 진
동의 원인을 확인해보니 아니나 다를까 브런치 내 글의 조회수 알람이었
다. 조회수가 올라갈 때마다 알람이 울리기로 설정되어 있던 브런치에서

100명, 200명, …, 1,000명 그렇게 조회수가 올라갈 때마다 계속 알람이 울렸던 거였다. 아직 사람들에게 내 글을 보여줄 만큼 마음의 준비가 되어 있지 않은 상태에서 큰 관심을 받아서 부담스럽고 부끄러웠다. 그렇지만 한편으로는 회사 생활과 관련해서 내가 고민하고 정리했던 글이 남들에게도 충분히 관심받을 수 있는 주제라는 생각이 들어서 기분이 좋았다. 브런치에 글을 연재하기 시작한 지 불과 11일 만에 나는 포털 사이트 메인 노출이라는 뽕을 맞았고, 이때부터 연재에 박차를 가했다. 기존에 써놨던 글을 포함해서 시기적으로 회사 생활에서 이슈가 될 수 있는 주제를 다뤘다. 승진, 고과, 연봉, 관계, 휴가, 퇴사, 이직 등 회사 생활의 주요 키워드를 가지고 내 생각을 정리했다.

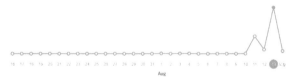

하루 30명도 안 되던 조회수가 포털 메인에 노출되면서 4천 명을 넘은 날

그 뒤로 나는 수십 편의 글을 썼는데, 연재를 시작한 지 약 1년 뒤부터는 내가 발행한 글은 거의 100% 포털 사이트를 포함해서 다양한 채널에 노출되었다. 한 번은 내가 썼던 글이 무서울 정도로 조회수가 올라갔던 적이 있었다. 많아 봐야 10만 이하였던 조회수가 순식간에 40만을 넘으면서 댓글이 미친 듯이 달리기 시작했다. 그 글의 주제는 '직장인의 용돈'에 관한 것이었는데, 최소한의 용돈으로도 크게 부족함 없이 회사 생활이 가능하다는 내용이었다. 댓글로 사람들은 갑론을박하면서 "말도 안 되는 이야기다.", "왜 말이 안 되냐. 나도 저 정도 용돈으로 산다." 등 갑자기 댓글 창에서 진지한 토론이 시작되었고, 짧은 시간 동안 엄청난 양의 댓글이 달렸다. 댓글 중에는 일부 악플도 있었는데, 이런 악플을 보면서 근거를 가지고 하는 정당한 비판이 아닌 그냥 무조건적인 비난에 조금 무섭다는 생각도 들었다. 그날은 처음 경험해본 불특정 다수의 댓글 공세로 밤새 잠을 못 이루었다. 이날의 댓글 사건은 연재하는 글에 대한 책임을 더 철저히 해야겠다고 생각하게 만들었고, 그 뒤로 다양한 댓글은 곧 관심의 또 다른 표현이라 생각하고 대수롭지 않게 넘겼다.

비록 온라인이긴 하지만 1년 만에 많은 사람의 관심을 받는 브런치 작가가 되었다. 한동안 연재하던 직장 생활에 대한 글은 쓸거리가 점차 부족해지면서 띄엄띄엄 연재할 수밖에 없었고, 어느 순간에는 더 이상 연재를 위해 억지로 글을 쓰지 말아야겠다는 생각에 브런치 활동을 잠시 쉬기로 했다. 2년 가까이 쉬면서 오프라인에서 책도 내고, 다른 주제의 글을 개인적으로 쓰면서 사람들에게 보여주지 않았을 뿐이지 글쓰기는 한 번도 쉬지 않았다. 그리고 얼마 전 정말 오랜만에 다른 주제로 브런치에 글을 몇 개 올린 적이 있는데, 이 글도 역시 포털 사이트에 노출되면서 8만 가까운 조회수를 기록했다. 에디터가 아직 나를 기억하고 있는 건지, 아니면 플랫폼 로직에 따라 기계적으로 노출되었는지는 잘 모르겠으나 2년 만에 돌아온 휴면 작가를 잊지 않고 기억해준 브런치 팀에게 고마운 마음이 들었다. 쉬면서 생각해봤던 몇 가지 새로운 주제로 브런치에 글을 연재할 준비를 다시 하고 있다. 이 글도 과연 사람들에게 큰 호응을 얻을 수 있을지 궁금하다.

지금까지 내 글을 구독하는 사람은 약 1,600명, 내 글을 읽은 사람은 약 170만 명이고, 단일 글로 최대 조회수를 기록한 글은 약 41만이다. 이 숫자는 내가 직장 생활을 하는 동안에도 도움이 되었다. 마케팅을 업으로 삼고 있는 내 이력서에는 브런치 작가와 활동이 포함되어 있는데, 이직 기회가 있을 때 내 이력서를 본 헤드헌터나 채용 담당자는 "브런치에서 유명하신 분인가 봐요?", "브런치 주소를 공유해주실 수 있을까요?"라고 물으며 브런치 활동에 관해 궁금해한다. 사진과 영상 그리고 글로 콘텐츠를 만드는 역량을 중요시하는 마케팅 시장에서 이렇게 숫자로 증명할 수 있는 이력은 충분히 장점으로 어필될 수 있다. 그리고 한 번씩 브런치에 연재된 내 글을 보고 다양한 제안이 오기도 한다. 보통은 인터뷰 요청이 많은데, 이 기회를 통해서 나는 수차례 인터뷰를 진행하기도 했다.

브런치에 글을 쓰면서 내가 경험하고 느낀 것에 대해서 최대한 솔직하게 글을 쓰려고 했다. 그리고 그것들이 곧 세상의 주목을 받는다는 걸 알았다. 나비효과처럼 글 한 편이 나에게 다양한 기회를 만들어주었다. 용기 내서 글을 쓰지 않았다면 없었을 사람들의 관심, 방송사와 매거진의 인터뷰 요청, 강연 섭외, 출판 제의는 오로지 내가 쓴 글로만 이뤄낸 것들이다. 이런 기회는 솔직한 글이 가진 영향력이라고 생각한다. 솔직한 글은 멋이 없을 수는 있어도 맛이 없을 수는 없다. 맛있는 글은 유명한 음식점처럼 많은 사람에게 회자된다. 사람들의 시선이 머무는 곳에 늘 새로운 기회가 있기 마련이다. 솔직하게 내 생각을 한 글자씩 꾹꾹 눌러 적어보는 일, 그것이 회사가 아닌 곳에서 새로운 기회를 찾는 돌파구가 될 수도 있다.

브런치를 통해서 받았던 많은 제안과 내 브런치 활동에 관심을 보였던 리쿠르팅 담당자

02

학생들의 취업 상담을 하는
유튜버가 되었습니다

취업 강의를 나가면 학생들에게 항상 내 이메일 주소를 알려준다. 강의나 책으로 해결되지 않는 궁금증에 대해서 언제라도 질문하기를 바라서다. 그러면 생각보다 많은 학생이 나에게 메일을 보내온다. 그렇다고 학생들이 궁금해하는 질문이라는 것이 대답하기 어렵거나 대단한 것도 아니다. "어떤 자격증이 취업하는 데 도움이 될까요?", "영어는 얼마나 해야 하나요?", "면접 예상 질문을 몇 개 뽑았는데, 추가로 어떤 질문이 나올 수 있을까요?" 등 반복되는 질문이 대부분이라서 답변하는 시간이 그렇게 오래 걸리지 않는다. 그래서 보통은 퇴근하고 자기 전에 잠시 짬을 내서 그들의 질문에 답해주고, 힘내라는 응원도 함께 곁들인다. 취업을 목전에 두고 있는 학생들에게 무엇보다 중요한 건 자신감이기 때문이다.

그렇게 수년 동안 학생들을 만나면서 가장 안타까웠던 건, 많은 학생이 답답한 마음에 지푸라기라도 잡는 심정으로 적지 않은 돈을 내고 취업과 관련된 강의를 듣고 컨설팅을 받는 것이었다. 자기소개서를 첨삭 받고, 모의 면접에 줄을 서서 들어가고, 현업에 있는 선배의 강의를 들으려고 지방에서 올라오는 등 내 기준에서 선뜻 이해하기 힘든 방법으로 나름의 취업 준비를 하고 있었다. 적으면 몇만 원에서 많으면 몇십만 원이나 하는 그런 프로그램을 오죽하면 들을까 싶지만, 그래도 내가 보기엔 불필요하게 너무 많은 것을 외부에 의존하는 것처럼 보였고 그 과정에서 지불해야 하는 비용과 시간이 학생들에게는 부담스러워 보였다. 그런 학생들에게 도움을 좀 주고 싶은 마음이 늘 한구석에 자리 잡고 있었다. 그래도 누군가는 부러워할 만한 회사들에 다녔고, 수년 동안 취업과 관련된 강의를 해왔기에 크진 않더라도 도움을 좀 주고 싶었다. 어떻게 그런 자리를 만들어볼 수 있을까 고민하는 시간의 한동안 계속됐다.

어느 날 SNS를 통해서 나에게 메시지가 하나 왔다. 내가 쓴 책을 읽고 본인의 진로에 대한 확신을 가지게 되었는데, 책을 읽고 해소되지 않은 궁금증에 대해서 저자인 나를 만나서 이야기를 듣고 싶다는 내용이었다. 안동에 사는 고등학교 3학년 학생이었다. 벌써 본인의 진로를 고민하는 이 친구의 준비성도 놀라웠지만, 안동에서 서울까지 올라와서 나를 만나고 싶다는 열정은 더 놀라웠다. 너무 기특해서 오히려 내가 그 친구를 꼭 한번 만나고 싶었고, 필요한 도움을 주고 싶었다. 그렇게 약속한 주말 아침에 새벽 첫차를 타고 서울까지 올라온 그 학생을 만났다.

(학생) "안녕하세요. 저 ○○○입니다."

(나) "반가워. 지금 안동에서 올라온 거야? 몇 시에 출발한 건데?"

(학생) "네, 일어난 건 새벽 4시쯤 일어났어요."

(나) "와, 너 대단하다. 부모님께도 말씀드리고 온 거지?"

(학생) "네, 근처에 작은아버지가 계셔서 혼자서도 종종 서울에 오거든요."

(나) "그렇구나. 아무튼 반갑고 일단 우리 주문부터 하고 이야기해볼까?"

수더분한 외모와 숫기 없는 말투와는 다르게 거침없이 궁금한 것을 쏟아내는 그 학생 모습에 그날 큰 감명을 받았다. 그날 대화에서 인상 깊었던 부분이 하나 있었는데, 지방에는 취업이나 진로와 관련된 정보를 얻을 기회가 너무 적다는 이야기였다. 취업과 관련된 오프라인 강의, 학술 동아리, 멘토링 등 모든 정보와 기회가 서울에 집중되어 있어서 어쩔 수 없이 발품 팔아서 서울로 올 수밖에 없는 현실에 대해서 들었다. 그 이야기를 듣는 순간 취업 시장에서 발생하는 정보의 불균형을 해소하기 위해 무언가를 할 수 있겠다는 생각이 들었다. 취업을 준비하는 학생들에게 어떤 식으로 도움을 주고 싶었던 나의 고민의 답을 찾는 순간이었다.

유튜브를 활용해보기로 했다. 매번 내가 학생들을 만나러 지방에 내려갈 수도 없는 노릇이고, 설사 그렇게 하더라도 내가 지쳐서 오래 하지 못할 게 뻔했다. 당연히 가장 효율적인 방법을 떠올리다가 업계의 이슈와 취업에 필요한 정보를 전달해주는 소통 채널을 만들어보기로 했다. 컨셉은 이랬다. 일단, 업계에 있는 다양한 사람을 게스트로 섭외한다. 그리고 게스트와 함께 현재 업계에서 일어나고 있는 이슈와 뒷이야기 몇 가지를 정리해서 이야기한다. 그리고 게스트가 일하고 있는 회사에 취업하는 데 필요한 역량이나 준비 사항에 대해서 전달하고, 그 영상을 보고 댓글로 질문을 받아 나중에 다시 답을 해주는 거다. 이렇게 생각은 참 쉽게 했는데, 막상 유튜브 채널을 만들고 운영하려니 쉬운 일이 아니었다. 게스트 섭외는 친한 지인들부터 섭외하면 어떻게든 되겠는데, 영상마다 큰 주제를 잡고 기획을 하고 촬영과 편집까지 하자니 막막했다.

주변에 유튜브 채널을 운영하는 후배들이 있어서 그들로부터 조언을 많이 얻었다. 처음부터 영상 퀄리티를 신경 쓰지 말라는 이야기, 최소한 5편 정도의 영상을 준비해놓고 채널 오픈을 하라는 이야기, 편집은 노가다라는 이야기까지 채널 운영에 필요한 본인들의 경험을 공유해주었다. 들은 대로 뚝딱 채널이 오픈되면 좋았겠지만, 현실은 여전히 막막했다. 하지만 다행히도 유튜브를 해보겠다는 계획과 준비 과정에서 느끼는 막막함을 주변 선후배 친구들에게 이야기하자, 정말 신기하게도 도움을 주는 사람들이 하나씩 생겨났다.

"제가 영상 편집을 연습하고 있는데, 연습한다고 치고 좀 도와드려볼까요?"
"1호 게스트로 내가 나갈게. 이곳이 얼마나 냉혹한 곳인지 현실을 알게 해주겠어!"

"편집은 못 도와드리지만, 필요하시면 카메라 지원 좀 해드릴까요?"

편집을 도와주겠다는 후배, 기꺼이 게스트로 나오겠다는 친구, 고가의 촬영 장비를 빌려주겠다는 지인 등 주변의 도움으로 일사천리로 유튜브 채널을 오픈할 수 있었다. 이 콘텐츠가 좀 쌓이고 나면, 나중에 누군가는 굳이 큰돈 들여서 오프라인에서 컨설팅이나 강의를 듣지 않아도 될 것이고, 나아가 지방에 있는 학생들에게 균등한 정보를 제공하는 하나의 채널이 될 수 있을 것이라는 기대를 가지고 유튜버로서 첫발을 내딛었다.

그렇게 유튜브를 통해서 업계 소식을 전하고 취업 상담을 한 지 몇 개월이 지났다. 해보니깐 회사에 다니면서 유튜브 채널을 운영하는 건 정말 쉬운 일이 아니었다. 가장 어렵고 어색했던 건 '나를 까야 한다.'라는 것이었다. 평생 그런 경험을 해본 적이 없는 내가 직접 카메라 앞에서 이야기해야 하는 것이 상당히 부담스러웠다. 촬영한 영상을 확인할 때마다 버벅대는 내 모습에 손발이 오그라들었다. 게스트가 있는 날이면 대화하는 형식으로 주고받으면 돼서 그나마 덜했지만, 게스트 없이 혼자서 촬영하는 날에는 20분 정도의 분량을 만들기 위해 처음에는 2시간씩 촬영해야 할 정도로 많은 시행착오를 겪었다.

채널 오픈하기 전만 하더라도 일주일에 한 편씩 업로드 하는 걸 목표로 했다. 일주일에 한 편을 만들려면 일단 기획을 하고, 필요할 때는 게스트도 섭외해야 한다. 기획이 완료되면 하루 날 잡아서 2~3시간 정도의 촬영을 진행한다. 가장 큰 문제는 편집이었다. 편집을 한 번도 해본 적이 없는 내가 2~3시간 분량의 영상을 15분 내외로 편집하려면 못해도 3일 이상이 필요했다. 그나마 편집을 도와주는 후배가 있어서 초반에는 어떻게든 업로드 주기를 지킬 수 있었는데, 더 이상 후배가 도움을 주지 못하게 되면서 과부하가 걸렸다. 쉽게 말해서 일주일 내내 유튜브 콘텐츠 제작에 매달리게 되었다. 적잖게 스트레스를 받았지만 새로운 콘텐츠를 기다리는 학생들을 보면서 하루에 못해도 3시간 이상을 영상 편집에 투자했다.

짧은 기간 동안 하드 트레이닝을 해서일까 점차 채널 운영하는 게 익숙해지고 노하우가 생기기 시작했다. 처음에는 말을 버벅거리면 촬영을 중지하고 다시 처음부터 촬영하던 것도, 그냥 틀리면 틀린 대로 그냥 쭉 촬영하고 나중에 편집을 통해서 가다듬을 수 있는 수준이 되었다. 자막도 글씨만 제대로 넣기도 바빴는데 이제는 강조하고 싶은 부분에 제법 멋진 효과를 넣는 여유도 생겼다. 몇 개월 동안 300명 가까운 구독자가 생겼다. 유튜브 채널을 운영하는 게 익숙해지면서 재미가 있었다. 내가 올린 영상에 달리는 사람들의 댓글 반응도 재미있었고, 영상을 통해서 도움을 받았다는 감사의 메시지는 채널을 운영하는 데 큰 힘이 되었다.

코로나 이슈가 생기면서 채널 운영에 어려움이 생겼다. 일단, 가장 중요한 게스트 섭외가 쉽지 않았다. 나오기로 예정되어 있던 게스트들이 줄줄이 취소 또는 연기를 요청했다. 그들에게 부담을 주기 싫었고, 나부터도 외부에서 사람들을 만나서 촬영을 한다는 게 찝찝했다. 최대한 조심은 하겠지만, 혹시라도 만에 하나 코로나에 걸려서 모두에게 민폐가 되고 싶진 않았다. 촬영을 할 수가 없으니 당연히 채널에 올라가는 영상이 한동안 없었다. 일주일, 한 달, 두 달… 간간히 집에서 짧게 촬영한 영상을 올리기는 했지만, 메인 콘텐츠가 더 이상 올라오지 않으니 채널은 사람들의 관심에서 조금씩 멀어져 갔다. 어떻게 하면 좋을까 고민하다가 결국 얼마 전에 구독자들에게 양해를 구하고 채널을 잠시 쉬기로 결정했다. 쉽지 않은 결정이었다. 아쉬움도 많이 남았다. 하려면 어떻게든 나 혼자서라도 촬영을 하고 영상을 올릴 수 있었겠지만, 애초에 기획했던 채널 컨셉과는 거리가 있었고, 그것도 몇 번 하다 보니 소스가 금방 고갈되었다. 그러느니 잠시 쉬면서 컨셉을 재정비하고, 게스트 섭외가 원활해지면 그때 다시 제대로 시작하는 게 맞겠다 싶었다.

채널을 쉬고 있긴 하지만, 유튜브 채널과 관련해서 머릿속에 생각이 많다. 어떤 방식으로 학생들과 다시 소통하는 것이 좋을지부터 기회가 되면 다른 주제의 채널을 운영해보고 싶다는 생각까지, 앞으로 내가 다시 하게 될 유튜브 채널에 대한 고민이다. 생각을 정리하는 시간을 보내고 나면, 훨씬 더 재미있게 채널을 운영해볼 수 있을 것 같다. 기획도 지금과는 전혀 다른 방식으로 할 수 있을 것 같고, 촬영하는 장소도 바꿔보려고 한다. 또, "형이 왜 거기서 나와?" 같은 반응을 끌어낼 수 있는, 생각지도 못한 게스트도 섭외해볼 생각이다. 해보지 않으면 전혀 몰랐을 텐데, 이제는 조금 알 것 같다.

 작가님~새해복 많이 받으시고 즐거운
명절보내세요😊😊

오~오랜만이네! 잘 하고 있지? 새해
복 많이 받아! 마침 너같은 친구들을
위해 유튜브 채널을 만들었는데, 구독
하면 조금 도움이 될거야~^^

새해 인사를 보내온 안동에 사는 학생에게 유튜브 채널 오픈 소식을 알렸다

[초보 유튜버를 위한 TIP]

1. 게스트를 적극 활용하자

혼자서 쉬지 않고 이야기하는 건 절대 쉽지 않다. 특히나, 초보 유튜버라면 말하는 데 어려움을 겪을 수밖에 없다. 이럴 땐, 함께 이야기할 수 있는 게스트를 섭외하면 이야기의 흐름이 더 자연스럽다. '반고'라고 부르는 반고정 게스트를 몇 명 정해놓는 것도 방법이다.

2. 초기에는 외부 스튜디오를 활용하자

요새는 유튜버를 위해 스튜디오를 대관해주는 곳이 많다. 가격 경쟁이 심해져서 대관비가 많이 싸졌다. 스튜디오에 각종 촬영 장비와 좋은 조명 시설이 있기에 별도의 장비 구매 없이 퀄리티 높은 영상을 만들 수 있다. 나 같은 경우는 초기에 2시간에 3만 원 정도의 스튜디오를 멤버십으로 끊어서 촬영했고, 나중에 좀 익숙해진 이후에는 집이나 강의실 같은 곳에서 비용 없이 촬영하고 있다.

3. 편집은 꼭 스스로 해야 한다

유튜버를 위한 영상 편집 대행 서비스도 있지만, 일단 가격이 싸지 않고 내가 의도한 대로 편집이 되지 않을 수 있다. 스스로 기본적인 편집은 해보고 익히는 게 장기적으로 채널을 운영하는 데 도움이 된다. 일반적으로 편집 프로그램은 '프리미어'를 많이 쓰는 편인데, 일단 가격이 부담스럽고, 초보자가 다루기에 기능이 너무 많아 다루기가 어렵다. 나는 'MOVAVI'라는 맥용 영상 편집 프로그램을 5만 원 정도에 구매해서 사용하고 있다. 무엇보다 직관적이고 기능이 심플해서 초보자가 사용하기 좋다. 이 프로그램의 단점은 기본적인 기능 외에는 별도로 패키지를 구매해야 하는 건데, 초보 유튜버라면 기본적인 기능으로도 충분하다.

03

하루 20분으로 50개의
꿈을 만드는 가장 쉬운 방법

나는 보통 일주일에 한 권 정도의 책을 읽고, 일 년이면 50권 내외의 책을 읽는다. 회사에 올인하던 시절에는 야근이다, 출장이다, 피곤하다는 각종 핑계로 책을 일 년에 한 권도 안 읽던 때가 있었다. 하지만 마음의 여유가 생긴 뒤로 책은 항상 내 손에 들려있다. 출근길에 읽고, 점심시간에 읽고, 애들 재우고 읽다 보면 일주일에 한 권 정도는 충분히 읽을 수 있다. 문체부에서 발표한 '2019년 국민 독서 실태'에 따르면 성인은 연간 약 6.1권의 책을 읽고, 10명 중 4명은 책을 전혀 읽지 않는다고 한다. 그렇게 보면 나는 평균보다 훨씬 많은 책을 읽고 있는 셈이다.

책을 통해서 나는 경험하지 못한 것들에 대한 갈증을 채운다. 여행 서적을 통해서 나중에 꼭 가보고 싶은 나라를 메모하고, 에세이를 통해서 새로운 삶에 대한 동경을 키운다. 요즘은 이제 막 초등학생이 된 아이의 학교생활과 학습 방법에 관하여 책을 통해 배우기도 한다. 가끔은 머릿속에 남는 게 없는 책도 있지만 대체로 책은 나를 채우는 과정이 된다. 하지만 한동안 책을 멀리하다가 하루아침에 책을 가까이하기란 쉽지 않았다. 일단 집에 있는 책부터 읽어야겠다 싶어서 책장에 먼지가 수북이 쌓인 책을 꺼내 몇 번이고 읽어도 2~3페이지 넘기는 것조차 힘에 부쳤다. 평소 책 읽는 습관이 없어서다. 눈에 힘이 없기 때문이다. 보통 아이들의 학습 습관을 기르는 방법으로 일단 책상에 오래 앉아있을 수 있는 '엉덩이 힘'을 키워야 한다고 말한다. 하지만 성인은 오롯이 책상에 앉아서 책을 읽는 것이 아니기 때문에 '엉덩이 힘'보다는 주어진 짧은 시간에 책에 집중할 수 있는 '눈의 힘'을 키워야 한다. 따박따박 한 글자씩 쫓아가며 페이지를 넘기다 보면, 책의 내용을 이해하게 되고 재미를 알게 된다. 책을 통한 재미를 찾기 위해 여러 가지 시행착오를 겪고 난 후, 나만의 방식으로 책을 선정하고, 읽고, 기록하는 재미를 알게 되었다.

매주 한 권의 책을 읽는 건 생각보다 어렵지 않다. 보통 250페이지 내외의 책을 2~3시간이면 다 읽을 수 있는데, 하루에 20~30분 정도의 시간만 내면 일주일 동안 충분히 한 권을 읽을 수 있다. 하루 중 20~30분이라는 시간을 한 번에 내기 어렵다면 그걸 하루에 2~3번으로 쪼개면 된다. 출근길 지하철에서 10분, 점심시간에 10분, 자기 전에 10분 이런 식으로 쪼개면 책 읽기가 조금 수월해진다. 눈에 힘이 생기고, 글자를 따라가는 지구력이 생기면 책 읽기는 점점 더 쉬워진다. 한두 권의 책을 일단 완독하고 나면 자신감이 생기게 되는데, 내가 책 읽는 사람이라는 걸 사람들에게 적극적으로 알려야 한다. 10명 중 4명이 책을 전혀 읽지 않는 세상이다. 다르게 생각하면 책 읽는 것이 특별한 일로 여겨지는 세상이라는 것이다. 나는 읽은 책들을 SNS에 표지 사진과 짧은 코멘트로 기록해놓는다. 기록에 목적을 두기도 하지만, 한편으로는 '나는 이렇게 많은 책을 읽는 사람이야.'라고 자랑하고 싶은 마음도 있다. 사람들의 댓글과 반응에 나는 또 한껏 고무되어 또 다른 책을 펼친다. 책을 읽겠다는 나와의 약속은 나만 외면하면 아무도 모른다. 하지만 타인과 공유한 약속은 쉽게 외면하기 어렵다. 그래서 책을 꾸준히 읽는 데 이와 같은 장치를 만들 필요가 있다.

내가 책 읽는 습관을 만들었던 과정을 소개해볼까 한다. 일단, 책 읽기에 앞서 책 정리를 하는 것이 좋다. 누구나 집에 읽지 않거나 이미 읽은 책이 최소한 수십 권씩은 있을 것이다. 사람마다 조금 다르기는 하겠지만, 한 번도 읽지 않은 책이나 이미 읽었던 책을 다시 펴는 일은 거의 없다고 보면 된다. 이미 내 관심에서 멀어져서 공간만 차지하고 있는 책들이다. 이런 책들을 언젠가 다시 볼 것 같지만 그런 일은 거의 일어나지 않는다. 철 지난 옷을 수년 동안 한 번도 안 꺼내 입는 것처럼, 일단 눈 밖에 있는 책도 마찬가지다.

이런 책들은 과감하게 정리하는 것이 좋은데, 가장 확실한 방법은 중고서점에 파는 것이다. 막상 책을 헐값에 팔 때는 아깝다는 생각이 들지만, 싹 정리하고 나면 그렇게 시원할 수가 없다. 책을 읽는 여정을 시작하기에 앞서 깨끗하게 목욕하는 기분이랄까. 나도 읽지 않는 책을 정리하기로 마음먹고, 와이프와 함께 커다란 여행용 캐리어 3개를 꺼냈다. 각자 책을 한 권씩 확인하며, 저자 사인이 있거나 소중한 사람의 멘트가 있는 책을 빼고는 모두 캐리어에 담았다. '이 책은 나중에 꼭 읽어보면 좋을 것 같은데…', '이 책은 비싸게 주고 샀는데 그냥 놔둘까…', '이 책은 소장용으로 가지고 있어도 될 거 같은데…' 이런 마음의 소리는 다 무시하고 함께 캐리어에 담아버리면 된다. 우리는 그렇게 담은 백여 권의 책을 들고 집에서 가장 가까운 곳에 있는 중고서점으로 갔다. 중고 책을 매입하는 카운터에 한 권씩 올려놓으면, 직원이 책 한 권씩 바코드로 찍어서 매입 가격을 확인한다. 700원, 1,000원, 2,400원 이런 식으로 가격이 책정되는데, 책의 상태와 희소성에 따라 정가의 10~20% 정도였던 것 같다. 내가 팔고 싶다고 다 팔 수 있는 것도 아니다. 보유 수량이 많은 책, 오염이 된 책은 판매가 불가해서 그대로 들고 와야 한다. 그렇게 다 바코드로 찍고 나면 직원이 최종적으로 물어본다. "판매 목록 보시고 혹시 빼야 할 책이 있으면 말씀해주세요." 짧은 찰나에 헐값에 내 새끼들을 보내는 것 같아서 잠시 망설이기도 했지만, 이 무거운 책들을 다시 싸 들고 집으로 돌아갈 생각을 하니 그것도 막막하다. "아뇨, 그냥 다 판매할게요." 그렇게 생각보다 쉽게 묵은 책들을 정리했다. 이날 나는 들고 갔던 백여 권의 책 중 65권의 책을 판매했고, 71,900원의 현금과 책장의 여유 공간을 얻었다.

책을 한바탕 책을 싹 정리하고 텅 빈 책장을 보니 영화 〈해바라기〉의 주인공 오태식의 명대사가 떠올랐다. "꼭 그렇게 다 가져가야만 속이 후련

했냐!" 미안하지만 다 보내고 나니 속이 후련했다. 더 이상 책을 사서 집에 놔두지 않기로 다짐했고, 보고 싶은 책이 있으면 도서관에서 빌려보기로 했다. 바로 책을 빌리기 위해 도서관에 들러 회원 가입을 했다. 그리고 베스트셀러 위주로 보고 싶은 책을 리스트업했는데, 빌리려고 보니 대기가 장난이 아니다. 짧게는 2~3주, 길게는 몇 달은 있어야 내 차례가 올 것 같았다. 괜히 베스트셀러가 아니었다. 베스트셀러 중에서는 빌릴 수 있는 책이 한 권도 없어서, 출간된 지 좀 된 스테디셀러도 봤는데 역시 힘든 건 마찬가지였다. 남들의 관심이 덜한 잘 모르는 책이나 이제 막 새로 출간된 신간밖에 볼 수 있는 것들이 없었다. 이왕이면 새로 나온 책을 보고 싶었다. 일단 서점에 가서 직접 책을 보기로 하고 오랜만에 집에서 가장 가까운 대형 서점에 갔다. 서점에는 진짜 다양한 책이 많았다. 재테크, 에세이, 문학, 소설 등 유명한 작가부터 처음 듣는 일반인 작가까지 책 스펙트럼이 굉장히 넓어져 있음을 느꼈다. 그렇게 가판대 놓여있는 책 위주로 둘러보며 재미있을 것 같은 책 표지를 핸드폰으로 찍어놨다. 그리고 그 목록을 가지고 도서관에 빌리러 갔더니, 이번엔 신간이라서 구비가 안 되어있었다. 그럼 나는 도대체 무슨 책을 보라는 말인가. 짜증 나고 황당했지만 정중하게 도서관 직원에게 물었다.

(나) "신간을 보고 싶은데, 구비가 안 되어있더라고요. 혹시 언제쯤 들어올까요?"

(직원) "도서관에 없는 책들은 따로 신청이 가능하세요. 홈페이지에서 신청하시면 됩니다."

(나) "오, 그래요? 그럼 보고 싶은 책들은 아무거나 다 신청하면 되나요?"

(직원) "그런 건 아닌데, 저희 도서관은 한 달에 3권, 일 년에 20권까지 가능해요."

처음 알았다. 신간을 따로 신청해서 볼 수 있다는 걸. 이 제도를 활용하면 보고 싶은 책을 기다리지 않고 볼 수 있겠다 싶었다. 그 후로 나는 최소한 한 달에 한두 번씩 서점에 들러 새로 나온 책을 둘러보고 그중에 보고 싶은 책을 메모해 둔다. 그리고 도서관 홈페이지에 접속해서 '희망도서'라는 이름으로 신청한다. 신청한 책은 보통 2주 정도면 준비가 되고, 비치되는 대로 신청자에게 문자가 온다. 기다리지 않고 내가 원하는 책을 보는 것도 좋고, 아직 남들의 손때가 묻지 않은 뻣뻣한 종이 냄새가 가득한 새 책을 보는 느낌도 좋다. 사실 이 제도를 잘 모르는 사람이 더 많을 것 같은데, 책을 신청할 수 있는 기준이 조금씩 다르긴 하지만 각 지자체 도서관별로 비슷한 제도가 있다. 우리 가족은 4명이라서 1인당 20권, 연간 80권의 '희망도서'를 신청해서 볼 수 있다. 물론 나 혼자 80권을 다 신청해서 보는 건 아니다. 때로는 와이프의 희망도서, 때로는 아이들의 희망도서를 신청한다. 언제 내 차례가 올지 모르는 베스트셀러나 스테디셀러를 마냥 기다리지 말고, 예약은 예약대로 걸어놓고 신간 위주의 새 책을 신청해서 보다 보면 시간적인 공백 없이 계속 원하는 책을 읽을 수 있다.

책을 읽은 후에는 꼭 기록해둬야 한다. 내 자산이기 때문이다. 독후감을 쓰라는 말이 아니다. 책을 읽고 인상 깊은 한두 개의 문장을 적어놓거나 책을 읽는 동안 떠오른 내 생각을 간단하게 적으면 된다. 나는 읽은 책 표지와 기억에 남는 페이지 사진을 찍어 SNS에 올린 다음 짧게 내 생각을 적는다. 한참이 지나고 나서 돌아보면 신기하게도 까맣게 잊고 있었던 책의 내

번호	신청기관	희망도서명	저자	신청일	상태
19		다시 태어나도 엄마 딸 토요일 오전 9시에 희망도서 대출가능 문자가 발송될 예정입니다.	스즈키 루리카	2019.07.30	비치완료
18		갖다 버리고 싶어도 내 인생 토요일 오전 9시에 희망도서 대출가능 문자가 발송될 예정입니다.	하수연	2019.07.30	비치완료
17		회사 체질이 아니라서요 (독립근무자의 자유롭고 치열한 공적 생활) 토요일 오전 9시에 희망도서 대출가능 문자가 발송될 예정입니다.	서메리	2019.07.30	비치완료
16		매일 갑니다, 편의점 (어쩌다 편의점인간이 된 남자의 생활 밀착 에세이)	봉달호	2019.06.21	비치완료
15		박막례, 이대로 죽을 순 없다 (독보적 유튜버 박막례와 천재 PD 손녀 김유라의) 토요일 오전 9시에 희망도서 대출가능 문자가 발송될 예정입니다.	박막례|김유라	2019.06.21	비치완료
14		이렇게 살아도 돼 (지금의 선택이 불안할 때 떠올릴 말) 토요일 오전 9시에 희망도서 대출가능 문자가 발송될 예정입니다.	박철현	2019.06.21	비치완료

최근에 서점에 들러서 사진을 찍어온 책들과 신청해서 도서관에 비치가 완료된 책들

용과 그때의 내 생각이 다시 살아난다. 마치 다시 책을 읽은 기분이 든다. 그리고 기록한 책들은 다시 '가족 독서기록장'에도 옮겨 적는다. 가족 독서 기록장은 독서를 독려하기 위해 만든 우리 가족만의 제도이다. 나를 포함해서 가족 모두 매년 읽은 책을 적고, 연말에 독서에 대한 포상을 진행한다. 엄마 아빠는 권 당 1만 원, 아이들은 권 당 1천 원 기준으로 읽은 만큼 용돈으로 지급한다. 연말에 다 같이 모여 시상식을 할 때마다 기뻐하는 아이들의 모습에 용돈을 주는 엄마 아빠도 기분이 좋고, 엄마 아빠도 각자 번외의 용돈이 생기니까 좋다. 이제는 수년째 진행하고 있는 우리 가족의 연말 행사가 되었다.

최근에는 책 읽는 시간을 더 늘리기 위해 식탁도 거실로 옮겨왔다. 확실히 간단한 레이아웃 변경만으로도 더 많은 책을 읽게 된다. 소파에 앉아서 TV 리모컨을 드는 대신 식탁에 앉아 간식을 먹으며 책을 펼친다. 책을 더 많이 읽으라는 계시였을까. 얼마 전, 10년 동안 멀쩡하던 TV가 갑자기 망가져서 수리도 어렵게 됐다. 덕분에 나나 아이들이 집에서 할 수 있는 일이라고는 라디오를 들으며 책을 읽는 것밖에 없다. TV를 살까도 잠깐 고민해봤지만, 없는 대로 며칠 지내보니 전혀 불편하지 않았다. 코로나 때문에 학교에 가지 못하는 첫째의 수업은 노트북으로 시청하는 것으로 충분했다. 이제는 제법 TV의 부재가 느껴지지 않을 정도로 아이들도 책과 더욱 가까워졌다.

내가 책을 가까이하면서 아이들도 바뀌었다. 일단, 책을 빌리고 반납하러 일주일에 한 번은 무조건 도서관에 간다. 도서관에 가면 자연스럽게 아이들도 보고 싶은 책을 찾아온다. 도서관에서 다 읽지 못한 책은 빌려서 집으로 가져온다. 그리고 지금까지 엄마 아빠에게 책 읽어달라고 조르던 아이가 스스로 책을 꺼내서 읽는다. 몇 년 전 처음으로 침대에 누워 책을 읽던 첫째의 모습이 아직도 눈에 선하다. 한창 시끄럽게 놀고 있어야 할 첫째의 목소리가 들리지 않아서 방으로 조용히 가서 봤더니, 이게 웬일! 책을 보고 있었다. 드디어 아이에게 책 읽어주는 것으로부터 해방되어 좋기도 했지만, 무엇보다 아이가 스스로 책 읽는 재미를 찾은 것 같아 감격했다. 둘째는 아직 어려서 엄마 아빠가 책을 읽어주는데, 이렇게 동생에게 책을 읽어주는 동안에 첫째도 함께 앉아서 책을 읽는다. 확실히 첫째는 눈에 힘이 생겼고, 엉덩이에도 힘이 생겼다. 얼마 전 와이프가 하교하는 첫째를 데리러 학교에 갔는데 조금 늦게 도착했다고 한다. 마침 마지막까지 남은 아이와 함께 계시던 담임 선생님을 처음 만났는데, 선생님께서 첫째의 독서 습관에 대해서 칭찬을 해주었다고 한다. "다른 아이들은 아직 글밥이 적은 책을 주로 보는데, ○○는 글밥이 제법 많은 책을 집중해서 보네요. 독서습관이 아주 잘 잡혀있는 것 같아요."라고 하셨다는데, 그 이야기를 듣고 얼마나 뿌듯하던지. 둘째도 조금만 더 크면 스스로 책을 읽는 날이 분명히 올텐데, 빨리 그런 날이 오면 좋겠다. 언젠가는 같은 책을 읽고 함께 이야기해볼 수 있는 날도 오지 않을까.

책은 내가 하고 있는 많은 일탈의 아이디어를 얻게 해준다. 책을 통해 새로운 일탈 거리를 찾고 '나도 해봐야겠다!'라는 마음을 갖는다. 책 덕분에 늘 새로운 아이디어가 넘쳐나고 하고 싶은 것이 많다. 언젠가 가족들과 세계 일주를 하는 꿈을 꾸기도 하고, 새로운 사람들과 어울리는 기회를 찾기도 한다. 하루에 딱 20분만 책 읽는 데 시간을 쓸 수 있다면, 일주일에 한 권, 일 년에 약 50권의 책을 읽을 수 있다. 그리고 50개의 다른 꿈을 꿀 수도 있다. 오늘도 나는 식탁에 앉아 시원한 커피를 마시며 지난주에 빌려온 책을 읽는다.

04
≋
이웃들을 초청해 클래식 기타 연주회를 열었습니다

내 안에 잠재되어 있는 예술가의 꿈은 미천한 재능 덕분에 항상 꺼내기 낯부끄러운 일 중 하나였다. 노래도 잘하고 싶고, 춤도 잘 추고 싶고, 그림도 잘 그리고 싶고, 악기도 하나쯤 다루고 싶은데, 그런 것들에 대한 재능이 정말 하나도 없었다. 하지만 억눌러 왔던 이런 꿈을 사람들의 눈치를 더이상 보지 않으면서 하나씩 밖으로 꺼내기 시작했다. 그중 하나가 바로 클래식 기타다.

클래식 기타를 배워야겠다고 생각한 건 꽤 오래전이다. 초등학교 때 피아노 학원에서 바이엘까지 배운 이후로는 이렇다 할 음악이나 악기에 별로 관심이 없었다. 정확하게는 관심이 없었다기보다 재미가 없었다. 피아노를 배우자니 손가락이 뻣뻣해서 안 되겠고, 바이올린을 배우자니 바이올린 소리가 매력적이지 않았다. 그나마 도전해본 악기가 통기타 정도였는데, 그마저도 헷갈리는 코드에 금방 내려났다. 악기를 배우려는 의지보다 배우지 않기 위한 핑곗거리가 더 많았다. 음악은 늘 가까이하기에 너무 먼 당신이었다. 그러던 어느 날 퇴근하는 길에 평소처럼 즐겨 듣는 라디오 프로그램인 〈배철수의 음악캠프〉를 듣는데, 이날 게스트로 나온 여성 기타리스트가 라이브로 곡 하나를 연주하기 시작했다. 퇴근길 차창 밖으로 보이는 꽉 막힌 도로는 잠시 잊고 나도 모르게 그 연주곡에 흠뻑 빠져들었다. 기타 선율이 심금을 울린다는 표현이 맞을까. 기타로 만들어낸 음 하나하나가 심장을 뛰게 했다. 어떻게 기타로 저런 소리를 만들고 연주할 수 있을까 놀라워하며 그 연주곡과 그날 방송에 완전히 몰입했다. 방송이 끝난 이후에 홈페이지에서 그 게스트가 박규희라는 유명한 클래식 기타리스트라는 걸 알았고, 내가 들었던 연주곡이 〈알함브라 궁전의 추억〉이라는 곡이라는 것도 알았다. 그날 나는 기타리스트 박규희의 팬이 되었고, 인터넷을 통해 그녀의 다른 연주 영상을 찾아보면서 태어나서 처음으로 연주하는 사람을 보고 진짜 멋있다고 생각했다. 앳돼 보이는 얼굴과 다르게 다양한 표정과 현란한 손가락의 움직임으로 소리를 만드는 반전 모습이 매력적이었다. 나중에 악기를 배운다면 반드시 클래식 기타를 배워야겠다고 마음먹었다. 이때가 2014년이었다.

시간이 한참 흐르고 클래식 기타를 다시 떠올린 건 와이프 때문이었다. 당시에 동네 문화센터에서 우쿨렐레를 배우고 있던 와이프는 적성에 맞았는지 꽤나 재미있어했다. 집에서도 계속 연습했고, 나중에는 함께 수업을 듣는 수강생들과 문화센터에서 작은 공연을 하기도 했다. 나는 한 번씩 거실 한 켠에 놓여있는 그 우쿨렐레를 집어 들고 장난삼아 되지도 않는 폼으로 연주하고는 했는데, 그때마다 와이프는 "같이 우쿨렐레 배워볼래?"라고 물었다. 그러면 나는 본능적으로 "괜찮아, 나는 나중에 클래식 기타 배울 거야."라고 답했는데, 아마 무의식중에 남아있던 예전 그 클래식 기타 연주의 감동 때문이었던 것 같다. 그런 상황이 몇 번 반복되니 진짜 클래식 기타를 이 기회에 좀 배워볼까 하는 생각이 들었고, '그래, 남자라면 악기 하나쯤은 할 줄 알아야지.'라며 괜한 폼 한번 잡고 클래식 기타를 배우겠다고 선포했다. 와이프는 이왕 하는 거 제대로 배워서 나중에 같이 합동 연주를 해보자고 응원하기도 했다.

클래식 기타를 배우기로 마음먹고 가장 먼저 문화센터에 가능한 수업이 있는지 알아봤는데, 대부분의 수업이 평일 낮 시간대에 있다 보니 회사에 다니는 나 같은 직장인은 참여하기가 힘들었다. 어쩔 수 없이 개인 레슨을 받기로 하고 인터넷을 통해서 동네에서 레슨이 가능한 선생님을 구하기 시작했다. 하지만 평일 저녁에 동네에서 레슨을 해줄 수 있는 선생님을 구하기가 쉽지 않았다. 어느 날 와이프가 우쿨렐레 수업을 같이 듣는 아주머니가 계시는데, 우리 아파트 단지에 사시는 친구분 아들이 클래식 기타를 전공하는 학생이라는 정보를 주었다고 했다. 같은 아파트 단지에 사는 선생님보다 더 좋은 조건의 선생님을 구하기는 어려울 것 같았다. 그래서 바로 연락처를 받아서 선생님과 만났고 레슨에 대한 이야기를 나누었다.

(선생님) "레슨을 받으시는 목적이 어떤 곡을 연주해보고 싶어서인가
　　　　요? 아니면 그냥 꾸준히 취미활동으로 기타를 하시려는 건
　　　　가요?"

(나) "그냥 제대로 한번 배워서 간단한 곡이라도 좀 연주해보고 싶어
　　　서요."

(선생님) "그럼 기초부터 차근차근 배우시면 되겠네요. 기타는 있으신
　　　　가요?"

(나) "기타는 없는데, 이번에 하나 장만할까 해요. 혹시 입문용 기타
　　　추천해주실 수 있을까요?"

(선생님) "아, 저도 입문용 기타는 잘 모르는데, 시간 되시면 저랑 같
　　　　이 낙원상가에 가서 일단 기타 소리를 좀 들어보고 20~30만
　　　　원대 기타 중에서 하나 고르시면 어떠세요?"

(나) "시간 되세요? 저야 그러면 감사하죠."

　그다음 날 바로 선생님과 함께 낙원상가에 내 클래식 기타를 사러 갔다.
생각보다 입문용 클래식 기타를 가지고 있는 매장이 많지 않았다. 아마 통
기타보다 찾는 사람도 적은 것 같고, 있더라도 입문용보다는 중급자 이상
을 위한 비싼 클래식 기타들만 있었다. 선택의 폭이 많지 않았다. 입문용
클래식 기타를 가지고 있는 세 군데 매장에서 선생님이 기타를 연주해주
었고, 나에게 마음에 드는 소리를 고르라고 해서 잘 모르지만 그냥 느낌대
로 하나를 골랐다. 며칠 전만 하더라도 음악과 악기에 전혀 관심 없던 나였

는데, 이제는 내 기타가 있는 음악인이 된 것 같아서 기타를 등에 메고 오는 내내 기분이 좋았다. 등에 기타를 메고 있는 것만으로도 사람들이 나를 쳐다보는 것 같았고, 그중에 누군가는 내가 기타 실력자라고 생각했을지도 모른다는 생각에 들떴다.

레슨은 매주 1회 퇴근 후 2시간씩 진행했다. 퇴근이 늦는 날엔 같은 아파트 단지에 살던 선생님에게 양해를 구하고 다른 날로 미뤄가며 레슨을 받았다. 클래식 기타는 손톱의 모양에 따라서 소리가 달라진다는 이야기에 생전 길러본 적 없는 손톱을 기르고 다듬었다. 클래식 기타 온라인 카페에서 수집한 정보를 바탕으로 손톱을 비대칭으로도 깎아보고, 대칭으로도 깎아서 소리가 다른지도 비교해봤다. 지금 생각하면 그 시간에 연습이나 더 할 걸 싶지만, 그때 당시만 하더라도 '내 비록 현실은 나비와 꿀벌을 연주하고 있지만, 마음만은 박규희가 되자.'라는 생각으로 클래식 기타와 관련된 많은 정보를 찾았다. 레슨을 받는 동안 주말 아침마다 기타 연습을 했는데, 내가 연주하는 동요를 들으며 아이도 함께 노래 부르며 즐거워했다. 칠 수 있는 동요라고 해봤자 고작 2~3곡뿐이었지만, 그래도 내가 치는 기타 소리에 맞춰 노래 부르는 아이와 와이프를 보면서 연주하는 기쁨을 잠깐씩 느낄 수 있었다.

내가 기타를 배우고 있다는 소식에 같은 아파트 단지에 사는 처남도 합류했다. 같은 선생님의 문하생으로 들어온 처남은 나와 다르게 통기타를 배우고 싶어 했다. 우리 둘은 의기투합해서 선생님 지도하에 열심히 배웠다. 서로 어느 정도 연습하고 배웠는지를 확인하며 경쟁 아닌 경쟁을 하기도 했고 조금씩 실력이 늘어났다. 그렇게 레슨을 받은 지 반년 정도가 지나고부터 생각보다 실력이 늘지 않는 정체기가 왔다. 연습하다 보면 계단식으로 어느 날 갑자기 연주 실력이 한 단계 성장해있을 거라는 선생님의 조언에도 불구하고, 연습하는 만큼 비례해서 늘지 않는 연주 실력에 흥미가 떨어져 레슨을 미루는 일이 잦아졌다. 반년 동안 동요 열 곡 정도밖에 칠 줄 몰랐는데도 이만하면 됐으니 그만할까 하는 생각이 들기도 했다. 말은 안 했지만, 그 당시 처남도 나와 비슷한 생각을 하고 있다는 걸 알았다.

이런 내 생각을 와이프에게 이야기했더니, 그럼 반년 동안 열심히 연습했으니 한번 정리하고 간다는 생각으로 연주회를 해보라고 했다. 연주회를 하고 나면 또 새로운 동기 부여가 돼서 지금의 지루함을 잊을 수 있을 거라는 조언이었다.

(나) "연주회를 해보라고? 동요 몇 곡밖에 못 치는데?"

(와이프) "연주회라고 하니 너무 거창하기는 한데, 그냥 가족들 앞에서 연주해보는 거지. 틀려도 뭐라고 할 사람도 없고, 그 정도면 부담 없지 않아?"

(나) "으음… 뭐 그 정도는 해볼 수 있을 것 같긴 한데, 일단 선생님이랑 처남이랑 상의해볼게."

그냥 재미있을 것 같았다. '연주회'라는 말만으로도 새로운 에너지가 솟

아나기 시작했다. 연주회를 해보자는 아이디어에 모두 재미있겠다며 동의
했다. 문하생인 나와 처남이 2곡씩 연주하고, 선생님이 3곡을 연주하면 1
시간 정도의 작은 음악회를 만들 수 있을 것 같았다. 연주회 장소는 처음에
는 동네 주민센터를 빌려볼까도 했지만, 사적인 용도로 빌리는 게 부담스
럽기도 하고 당일 상황이 여의치도 않았다. 그래서 그냥 집에서 연주회를
하기로 하고, 관객은 가족들과 아파트 단지 내 이웃들을 초청하기로 했다.
새로운 목표가 생겼으니 또 달리기 시작했다. 연주회를 위해 지금까지 배
웠던 곡들의 난이도를 훨씬 뛰어넘는 곡을 선정했고, 이를 완성하기 위해
부단히 연습했다. 목표가 생기니 지루했던 연습이 재미있었다. 한 음 한 음
손가락으로 집고 튕겨내는 소리가 연주가 되어가는 과정이 더 이상 지루하
지 않았다. 그렇게 연주회까지 하루도 빠짐없이 연습하고 연습해서 온전히
한 곡을 연주할 수 있게 되었다.

　몇 분이나 오실지 모르겠지만 그래도 연주회라고 며칠 전부터 아파트
게시판에 음악회 초대장을 만들어 붙여놨다. 연주회 당일에는 장모님, 선
생님 어머니가 음식도 장만해주셨다. 그렇게 연주회 시간이 다 돼서 평소
에 안면이 있는 이웃 몇 분이 오셨다. 가족과 이웃까지 다 해서 약 20명 정
도 되는 관객이 모였고, 연주회의 첫 주자였던 나는 첫 곡으로 비틀스의
〈Yesterday〉를 연주했다. 그 짧은 시간이 어떻게 지나갔는지 잘 모르겠다.
기억나는 거라고는 평소에 실수 없이 잘 넘어가던 부분도 손가락이 제멋대
로 움직이면서 엄청 버벅댔던 것뿐이었다. 그나마 다행히 두 번째 곡은 큰

실수 없이 마칠 수 있었다. 이웃분들은 고맙게도 연주가 끝날 때마다 아낌없이 격려하고 박수를 쳐주었다. 그 뒤로 통기타로 다 같이 노래를 부를 수 있는 곡을 선택한 처남의 통기타 연주와 연주회의 실질적인 주인공인 선생님의 현란한 연주 덕분에 연주회는 성공적으로 끝날 수 있었고, 연주회가 끝나고 장만한 음식을 이웃과 나눠 먹으면서 즐거운 시간을 보냈다. 작은 연주회의 여운은 한참 동안 남았다.

지금은 더 이상 레슨을 받고 있지는 않다. 그렇지만 클래식 기타는 거실에서 제일 잘 보이는 곳에 항상 놓여있고, 시간 날 때마다 한 번씩 꺼내 줄을 튕기며 클래식 기타에 대한 꿈을 이어가고 있다. 며칠 전에 비틀스의 음악을 소재로 한 영화 〈Yesterday〉를 보면서 연주회에서 내가 연주했

아파트 게시판에 붙여놨던 음악회 초청장과 어머니들이 장만해 주신 음식들

던 〈Yesterday〉가 떠올라서 기타를 꺼냈다. 예전에 눈 감고도 치던 악보가 하나도 떠오르진 않지만 그래도 기타를 잡고 있을 때만큼은 그날의 느낌이 생각난다. 조만간 다시 기타를 시작해야겠다. 다음 목표는 진짜 번듯한 연주곡 하나를 목표로 해볼까 한다. 박규희의 〈알함브라 궁전의 추억〉처럼 멋진 곡은 안 되겠지만, 내가 좋아하는 곡을 골라서 언제라도 연주할 수 있도록 만들어볼까 한다. 그런데 기타리스트 박규희는 알고 있을까? 본인이 라디오에서 했던 기타 연주가 어느 날 마흔 살 아저씨에게 기타를 배울 수 있는 용기를 주었다는 걸. 언젠가 그녀의 연주회에 꼭 한번 가보고 싶고, 그녀와 기념사진 찍으며 이야기해주고 싶다. 덕분에 클래식 기타를 배웠고, 작은 연주회도 해봤다고.

05

~~~~

회사를 차렸습니다
그리고 망했습니다

외국계 회사에 다니고 있을 때였다. APAC 보스의 긴급한 호출로 일본에 출장 갔던 지사장으로부터 카톡이 왔다. 방금 APAC 보스로부터 중요한 결정을 통보받았는데, 지금까지 우리가 해오던 사업 부문의 글로벌 철수가 결정되었다는 내용이었다. 사실 한국지사 초기 멤버로 합류할 때부터 조기에 사업이 자리 잡지 못하면 최악의 경우에 지사 철수라는 초강수의 결정이 나올 수 있다는 걸 감안하고 있었기 때문에 생각보다 충격받지는 않았다. 다만, 한국 시장에 맞는 충분한 투자와 기회를 주지 않은 본사의 시스템이 아쉬울 뿐이었다. 하지만 그런 것은 이제 더 이상 나에게 부질없는 과거의 이야기일 뿐이고, 이제부터 무엇을 해야 할지 고민해야 하는 것이 내가 마주하고 있는 현실이었다. 이런 경우에 보통은 일정 금액의 위로금을 받고 이직을 준비하는 게 가장 일반적인 옵션인데, 나는 바로 결정하지 못했다. 지금까지의 커리어와 평판이 나쁘지 않았기 때문에 마음만 먹으면 빠른 시일 내에 회사를 옮길 수 있다는 자신은 있었다. 회사를 옮기면 지금처럼 안정적으로 월급을 받으며 지낼 수 있을 테지만, 그 모든 것을 뒤로 미루더라도 나는 내 사업을 한번 해보고 싶었다. 언젠가는 자의든 타의든 회사를 그만두게 되는 시점이 분명히 올 텐데, 지금이 그 예행연습을 할 수 있는 적기라는 생각이 들었다. 혹시라도 사업을 하다가 잘 안 되더라도 아직까진 회사로 다시 돌아가는 데 큰 무리가 없을 것 같았다. 부득이하게 가족들에게 걱정을 끼쳐야 하는 것이 마음에 걸리기는 했지만, 이직이라는 뻔한 선택을 하고 싶진 않았다.

어느 정도 마음의 결정을 하고 와이프에게 말을 꺼냈다. 참고로 와이프는 내가 어떤 선택을 하든지 "일단 하고 싶으면 해봐. 안되면 그때 가서 다른 결정을 하면 되잖아."라는 식의 대인배 기질을 가지고 있다. 덕분에 늘 나의 고민거리를 믿고 상의하는 유일한 사람이다.

(나) "지사장한테 오늘 연락이 왔는데, 한국지사 철수하기로 했나 봐."
(와이프) "아 진짜? 생각보다 좀 빠르긴 하네. 그래도 얼마 전부터 그런 낌새는 눈치채고 있었으니까 충격은 덜하지?"
(나) "조금 빨리 결정됐지만, 예상했던 일이긴 하지. 위로금은 일단 3개월 치를 준다네. 그래서 말인데 어차피 위로금이랑 퇴직금 하면 반년 정도의 월급은 될 테니까 이 기회에 하고 싶은 일을 좀 해볼까 하는데."
(와이프) "해보고 싶은 일? 지금도 많이 하고 있지 않아? (웃음) 뭔데?"

(나) "내가 몇 번 이야기한 적 있는데, 플랫폼 관련된 내 사업을 좀
　　해볼까 해."

(와이프) "지난번에 이야기한 중계 플랫폼? 잘됐네, 어차피 조금 있으면
　　　　둘째도 태어날 텐데 그거 준비하면서 애도 좀 보면 되겠네."

뭘 하고 싶은지 먼저 물어보고 그다음에는 언제 어떻게 누구랑 할 건지 물어보는 게 순서일 텐데 와이프는 이번에도 묻지도 따지지도 않고 일단 해보란다. 한편으로는 고마우면서 또 한편으로는 머릿속이 더 복잡해졌다. 지금까지 10년 넘게 직장 생활을 하면서 한 번도 쉬어본 적 없고 월급 없이 살아본 적도 없는데, 당분간 수입이 1원도 없는 현실 속에서 얼마나 잘 지낼 수 있을지 걱정이 되었다. 말이 좋아 사업이지 실질적으로 당분간은 백수 남편, 백수 아빠, 백수 아들로 지내야 하는데, 혹시라도 가족들에게 피해를 주게 되는 건 아닐까 싶어 며칠을 잠도 못 자고 고민했다.

지금까지 수많은 일탈을 할 때마다 느꼈지만, 해보지 않은 선택을 할 때는 두려움과 설렘이 공존하는 법이다. 며칠간의 치열한 고민 끝에 지금까지 회사만 바라보고 열심히 달려온 나에게 제대로 '딴짓'을 할 수 있는 시간을 주고 싶었다. 어느 하나를 선택해야 한다면 이왕이면 해보지 않은 새로운 선택을 하겠다는 나의 신념을 이번에도 믿어보기로 했다. 지금이 아니라면 나중에는 더 많은 기회비용이 들어갈 거란 생각에 일단 '고!' 하기로 결정했다.

지사장으로부터 한국지사 철수 결정에 대해 통보받은 카톡과 마지막 퇴근하는 날 찍은 내 자리

긴장이 풀어지지 않도록 퇴사한 다음 날부터 바로 창업 준비에 들어갔다. 내가 하려는 사업 아이템은 O2O 기반의 중계 플랫폼인데, 당시에 O2O 창업에 대한 피로감이 많이 쌓여있던 터라 주변 사람들이 걱정을 많이 했다. 그럼에도 내가 타깃으로 하는 시장에서 아직 자리 잡은 BM(Business Model)이 없었기에 한번 해볼 만하다는 생각이 들었다. 주변 사람들의 진심 어린 걱정은 충분히 이해가 되었지만, 그래도 이왕 사업을 해보기로 한 거 내가 하고 싶은 대로 해야 나중에 후회가 없을 것 같았다. 내 계획대로 계속 창업을 준비했다.

사업을 하기로 마음먹기 전부터 이 사업 아이템에 대해서 나와 많은 이야기를 나누고 비슷한 비전을 가지고 있던 선배가 있었다. 그 선배는 마침 나와 비슷한 시기에 학업을 위해 회사를 그만두었고, 자연스럽게 우리는 의기투합해서 일사천리로 회사를 꾸리기 시작했다. 여기에 우리가 잘 모르는 시스템 개발을 맡아줄 수 있는 친구가 합류하면서 3인 완전체의 법인회사를 설립하게 되었다. 회사의 네이밍, 명함 디자인, 사무실 렌털, 사업 계획서 작성, 외부 미팅 등 어느 것 하나 내 손을 거치지 않은 것이 없었고, 회사라는 조직을 만들어가면서 남을 위해 일하던 회사 생활과는 전혀 다른 책임감과 재미를 동시에 느낄 수 있었다.

창업을 준비하는 과정에서 가끔 외부에서 진행되는 교육을 듣고는 했는데, 젊은 창업자들과의 교류는 항상 큰 자극이 되었다. 기존에 십 년 넘게 다니던 회사의 동료들에게서는 거의 느껴보지 못한 새로운 에너지, 비교도 안 되게 빠르게 일하는 방식이 신기했다. 예를 들어 이런 식이다. 교육을 같이 듣는 한 젊은 스타트업 대표가 있었다. 수업 중에 무얼 계속 끄적이고 그리고 있길래 뭐 하냐고 물었더니, 방금 수업 시간에 들었던 이론을 접목해서 수업 끝나면 나가서 검증해보려고 준비하고 있단다. 그 대표는 진짜로 수업이 끝나자마자 준비한 팻말과 종이를 들고 서울역에 나가서 오가는 중국 여행객을 대상으로 아이템에 대한 반응과 설문을 진행했다. 나는 수업을 잘 듣는 것만으로 충분하다고 생각했는데, 이 친구들은 생각이 생각에 머무르지 않도록 바로 행동으로 옮기는 실행력이 있었다. 그렇게 각자의 사업 아이템을 검증하고 수정하며 더 나은 모델로 발전시켜 나가는 나보다 어린 친구들을 통해서 그동안 대기업이라는 울타리 안에서 얼마나 좁은 식견으로 평범함에 수렴하며 살았는지 깨달았다.

창업하고 비즈니스 모델을 다듬어 가는 과정에서 부침이 있긴 했지만 진행은 비교적 순조로웠다. 국가 지원 사업도 몇 개 따내면서, 계획대로 된다면 2~3년 안에 수익을 낼 수 있을 것 같았고 정식으로 직원도 뽑을 수 있겠다 싶었다. 그러던 어느 날 우리 사업에 부스터를 달아주는 일이 있었다. 회사의 대표를 맡고 있던 선배가 외부 미팅을 끝내고 들어와서 우리 사업 모델에 관심 있는 중견기업 오너를 소개받아 만나고 왔는데, 투자와 관련해서 정식으로 이야기해보고 싶다는 내용이었다.

> (선배) "우리 이 투자만 유치하면 당분간 자금 걱정 없이 달릴 수 있을 거야!"
> (친구) "우와, 대박이네요. 일단 한 1억 정도만 투자해주면 좋겠다."
> (선배) "야, 그거 가지고 되겠어? 꿈을 크게 가져야지, 사업하는 사람이. 아무튼, 잘 준비해보자고!"
> (나) "그럼 우리가 뭐부터 준비해야 하는 거예요?"
> (선배) "일단, 들어와서 정식으로 우리 사업 모델에 대한 프레젠테이션을 해 달래."

이미 준비되어 있는 사업 계획서가 있었고, 몇 차례의 PT 경험이 있었기에 자료를 따로 만들 필요가 없었다. 그것보다는 예상되는 질문에 대한 답변에 더 신경을 썼는데, 아무래도 기업인이고 투자자이다 보니 비즈니스 관점에서 예상되는 리스크 관리를 어떻게 할지에 중점을 두고 프레젠테이션을 준비했다. 미팅 당일 조금 일찍 도착해서 비서의 안내에 따라 집무실 앞에서 잠깐 기다리는데, 그때 감정은 말로 설명하기 어려울 정도로 복잡했다. 드라마에서 보던 것처럼 맨땅에 헤딩해서 사업체를 키워나가는 젊은 패기의 주인공이 된 것 같았다. 미팅은 상당히 호의적이었고 순조로웠다. 가끔 날카로운 질문들이 있긴 했지만, 대체로 우리가 준비한 예상 질문 안에 있었다. PT가 끝난 뒤엔 편안한 분위기에서 본인이 왜 이 사업 모델에 관심을 가졌는지와 평소 본인이 했던 생각을 이야기해주었다.

그날 PT 이후에 투자자가 요청한 내용을 보완해서 우리는 몇 차례 추가 PT를 했다. 반복되는 미팅을 통해서 투자자는 우리의 사업 방향성에 꽤 깊게 관여했고, 가끔씩 서비스 런칭에 필요한 비용을 물으며 정말 그 정도면 충분하겠냐고 재차 확인했다. 당장 확실한 건 없었지만 정황상 거의 투자가 확정된 분위기였고, 실제로 선배를 통해서 구두로 투자 의사를 몇 차례나 밝혔다. 지금 생각해보면 이때의 장밋빛 분위기에 휩쓸려 멤버 중 누구 하나 냉정하게 판단하지 못한 게 결국엔 사업 실패의 원인이 되었다. 우리는 곧 투자금이 들어올 거라는 생각에 단계별로 나누어져 있던 비용 집행 계획을 변경했고, 런칭 시기를 앞당기기 위해 회사 자본금을 플랫폼 개발에 거의 올인했다. 빨리 플랫폼 개발을 끝마치면 오히려 투자를 확정 짓는 데 도움이 되리라 판단했다. 그렇게 몇 달간 모든 역량을 올인한 플랫폼 개발이 완료될 즈음 투자자와 최종 PT가 진행되었는데, 이때 완성한 플랫폼도 시연했고 실제로 런칭에 필요한 투자금도 제시했다. 마지막까지도 분위기가 나쁘지 않았다.

마지막 투자 미팅을 끝내고 내려와 우리 셋은 근처 커피숍에 앉아 그동안 고생했다며 서로를 격려했다. 투자금이 들어오는 대로 제대로 된 사무실부터 구하고, 직원도 1~2명 뽑자고 이야기하고 있는데 테이블 위에 있던 선배의 핸드폰에 카톡 알람이 왔다.

> (선배) "야, 왔다 왔다. ○○○ 부회장(투자자) 카톡이다. 열어보기 떨린다. 얼마나 투자해줄까?"
> (나) "빨리 열어보세요."
> (친구) "우리가 제시한 투자금의 70%만 해줘도 좋겠는데. 아… 떨린다."

선배가 핸드폰을 들고 카톡을 읽는데 표정이 점점 어두워졌다. 투자를 보류하겠다는 통보였다. 내용은 대충 이랬다. "그동안 좋은 사업 아이템으로 여기까지 오느라 수고했습니다. 멤버들과 미팅한 내용을 가지고 오랜 시간 고민하고 주변의 전문가들에게도 조언을 구했는데, 지금 투자를 결정하는 건 서로에게 득보다는 실이 많을 것 같습니다. 일단 멤버들의 능력만으로도 충분히 사업을 런칭할 수 있겠다는 생각이 들었고, 어느 정도 시장에서 검증을 받은 뒤에 다시 한번 투자에 대해 논의해보는 게 좋겠습니다. 응원하겠습니다." 말이 안 나왔다. 이렇게 문자 한 통으로 수개월 동안 함께 이야기했던 시간과 신뢰를 저버릴 수가 있다니. 셋이 멍하니 앉아서 아무 말도 하지 못했다. 말 그대로 청천 날벼락이었다. 투자금이 들어오는 대로 '고'만 하면 되는데, 1년 가까이 준비한 모든 것이 틀어져 버렸다. 모두가 말하지는 않았지만 투자 보류보다 더 큰 충격은 우리가 너무 쉽게 사람을 믿었고, 보고 싶은 것만 보려 했다는 거였다. 세 명의 커리어 합이 50년은 될 텐데, 이렇게 어리바리하게 당했다는 생각에 한동안 무너진 멘탈을 다잡을 수가 없었다.

상황이 이렇게 되긴 했지만, 이대로 손 놓고 있을 수는 없어서 부랴부랴 지원 가능한 국책 사업을 찾았다. 큰 상실감에서 오는 무기력 때문이었을까, 전과 다르게 지원하는 사업마다 고배를 마셨다. 그런 시간이 반복되면서 나를 포함한 멤버 모두가 이 사업을 계속 끌고 나가겠다는 의지가 많이 꺾였다는 걸 알았고, 그걸 서로 인정하는 순간 우리는 다시 한자리에 모였다. 그렇게 애착을 가지고 달려온 사업을 접기로 한 날인데 생각보다 덤덤했다. 분명 아쉬운 감은 있었지만, 한편으로는 '어쩌면 여기까지가 이번에 나에게 주어진 시간이구나.'라는 생각도 들었다. 그렇게 우리는 처음 만나 사업을 도모했던 스타벅스에 모여 앉아 커피를 마시며 다시 각자의 일상으로 돌아가기로 했다.

여기까지가 내가 창업했다가 망한 슬픈 이야기의 끝이다. 어느 책 제목의 한 구절처럼 결국엔 '해피엔딩'이고 싶었는데 말이다. 일 년이 넘는 시간 동안 1원도 못 벌면서 사업한다고 갖다 쓴 돈, 그 시간 동안 받지 못한 월급과 기회비용을 생각하면 적지 않은 돈을 쓴 셈이다. 결과가 많이 아쉽기는 했지만 그래도 그 선택에 대한 후회는 지금도 전혀 없다. 물론 가족들에게 미안한 감정과는 별개로 말이다. '젊었을 때 사업(개고생)은 사서도 한다.'라는 생각으로 일 년이 넘는 시간을 달렸다. 언젠가 내 의지와 상관없이 더 이상 회사 생활을 영위할 수 없는 시점이 분명히 올 수 있다고 생각한다면, 사업을 통해 배운 많은 것이 분명히 큰 밑거름이 될 거라는 확신이 있다. 다시 사업을 한다면 이때의 실패를 경험 삼아 일 년이 걸릴 일을 반년이면 충분히 할 수 있을 것 같다. 또 더 잘할 수 있을 것 같다. 회사를 설립하고 운영하는 방법, 사업 계획서를 만드는 방법, 투자 유치를 하는 방법 등 회사에서 배울 수 없는 값진 수업을 창업이라는 야생에서 배웠다.

언젠가 분명 어떤 형태로든 내 사업을 다시 하게 될 것 같다. 그때를 위해 오늘도 나는 떠오르는 사업 아이템이 있으면 메모장에 적어놓고, 각종 창업 사이트를 들락거리며 정보를 수집한다. 창업을 한 번 해본 이후로, 취업 강의를 나가면 취업만이 능사가 아니라고 이야기한다. 학생들에게 창업이라는 다른 선택지도 내민다. 대한민국은 창업하기에 더할 나위 없이 좋은 환경을 가지고 있다. 가능성 있는 아이템만 있으면, 많은 부분에서 혜택과 지원을 받을 수 있다. 2020년 정부에서 책정한 창업 지원 사업 예산이 무려 1조 4,517억 원이다. 이 예산은 다양한 채널을 통해서 다양한 형태로 일 년 내내 창업자들에게 돌아간다. 학생이라면 더 많은 기회비용을 들이지 않을 수 있으니 더 늦기 전에 한 번쯤 창업해보면 좋겠다는 생각이다. 남들 다 따는 자격증 하나 더 따는 것과는 비교도 안 되게 큰 경험이자 경쟁력이 될 것이다. 가끔씩 후배들에게도 무상으로 들어볼 수 있는 창업 교육을 권한다. 까놓고 내 또래의 직장인 중 앞으로 10년 넘게 회사에 다닐 수 있는 사람이 과연 몇이나 될까. 어느 순간에는 분명 회사 밖에서 오롯이 내 능력만으로 돈을 벌어야 할 시점이 올 것이다. 그 시점에 보다 정확한 판단을 하기 위해서 이런 창업과 관련된 교육은 한 번쯤 들어두는 것이 좋다고 생각한다.

[창업할 때 도움이 되는 사이트]

1. 중소기업벤처부(https://www.mss.go.kr/)

대한민국 창업과 관련된 큰 방향과 예산을 수립하는 곳으로, 매년 중점적으로 지원하는 사업 분야가 조금씩 다르다. 주로 연말과 연초에 정부가 어느 분야에 중점을 두고 창업 지원을 하는지 파악하는 데 도움이 된다. 예산을 어디에 집중하는지 알고 창업하면 나중에 투자받는 데 조금 더 수월하다.

2. K-Startup(https://www.k-startup.go.kr/)

대한민국의 모든 창업 관련 지원 사업을 한눈에 볼 수 있는 곳이다. 자금, 시설 공간, 멘토링, 컨설팅, 교육 등 내가 필요한 지원 사업을 쉽게 찾아볼 수 있다. 창업 지원과 관련된 많은 사이트가 있지만, 대부분이 K-Startup에 올라와 있는 내용과 중복되는 경우가 많다. 창업 지원 프로그램을 찾고자 한다면, K-Startup 하나로 충분하다.

3. 벤처스퀘어(https://www.venturesquare.net/)

스타트업 관련 소식을 전하는 미디어 채널이다. 창업 생태계의 최근 이슈와 트렌드를 파악하는 데 도움이 된다. 각종 스타트업 대표의 인터뷰나 투자 유치에 성공한 스타트업 뉴스를 통해서 인사이트를 키울 수 있다.

4. 플래텀(https://platum.kr/)

역시 스타트업 관련 소식을 전하는 미디어 채널이다. 벤처스퀘어와는 또 다른 결을 가진 관련 기사들을 접할 수 있다.

06

타투 하나 있다고
아무도 신경 쓰지 않아요

1990년 중후반에 고등학생이었던 나는 농구를 그렇게 많이 했다. 지금처럼 PC방이 있었던 것도 아니고, 당구장에는 가끔씩 가긴 했지만 당시에는 학생이 가면 안 되는 곳이었다. 마땅히 놀 거리가 없어서였는지는 몰라도 쉬는 시간에도, 점심시간에도, 저녁에도, 주말에도 늘 농구공을 끼고 살았다. 내가 친구들과 주로 농구를 하던 곳은 집 근처 탄천 옆에 있는 작은 농구 코트였는데, 그곳에 모이는 농구팀들은 거의 정해져 있었다. 그중에는 외국인 팀도 하나 있었는데, 그들은 모여있는 것만으로도 포스가 강렬했다. 코트에 모인 팀 중에 어느 한 팀이라도 그들과 붙어서 이기는 날에는 마치 전쟁에서라도 이긴 것처럼 모두의 부러움을 샀다. 요즘 내 또래의 친구들에게 제대로 추억팔이를 하고 있는 〈더 라스트 댄스〉의 시카고 불스 같은 팀이 당시 탄천 농구 코트의 그 외국인 팀이었다.

실력도 실력이거니와 그들의 스타일은 확실히 우리와 달랐다. 같은 나이키 반바지와 티셔츠를 입고 있어도 소위 간지가 철철 넘치는 그들을 보면서 우리끼리 본토 농구는 역시 다르다며 치켜세우곤 했다. 그들 중 내가 제일 멋지다고 생각했던 사람은 나보다 좀 작은 키에 늘 헐렁한 반바지를 입고 다부진 상체를 드러낸 채로 농구를 하는 대여섯 살 많은 형이었는데, 그 형의 왼쪽 무릎에는 특이한 문양의 타투가 있었다. 드리블을 치며 골대를 향해 달려들 때마다 펄럭이는 나이키 반바지 끝자락 너머로 보이는 타투가 굉장히 인상적이었다. 한동안 그 외국인 팀과 농구를 하면서 나도 나중에 왼쪽 무릎에 타투를 해야겠다고 마음먹었고, 그걸 실현하는 데 23년이 걸렸다.

대학생이 되어 4년의 학창 시절을 보내는 동안에도 끝내 타투는 하지 못했다. 생각은 있었지만 주변 사람의 불편한 시선이 신경 쓰여 수천 번은 망설이다 포기했다. 20년 전만 하더라도 지금처럼 타투가 대중화되지 않았고, 여전히 부모님 세대는 '타투는 문신이고, 문신은 곧 조폭이다.'라는 이상한 논리로 타투를 바라보던 시기였다. 타투를 할 수는 있지만 하고 난 뒤에 감당해야 하는 시선이 부담스러웠다. 회사 생활을 하면서는 더 할 수 없었다. "타투를 했어? 넌 해고야."라는 취업 규칙은 없었지만, 그래도 여전히 함께 일하는 동료들에게 괜한 선입견을 심어주고 싶지 않았다. 결국엔 20년 넘게 하고 싶었던 타투는 내가 아닌 타인의 눈에 거슬릴까 봐 늘 마음속에만 있었다.

전 직장 내 자리 맞은편에 친한 동료가 있었다. 동갑에 아이들도 비슷한 또래였던 그 친구와는 마음이 잘 맞아 가깝게 지내던 사이였다. 한창 가깝게 지낼 무렵에 반바지를 입고 온 그 친구 발목에 타투가 보였다. 순간 오 랫동안 잊고 있었던 20여 년 전 농구 코트 위의 외국인 형이 떠올랐다.

(나) "타투했네요? 발목에 그렇게 하니깐 느낌 있는데요? 언제 했어 요?"

(동료) "이거 한 지 좀 됐는데, 이번에 커버 업(기존의 타투를 덮고 새로 운 타투를 새기는 것) 해보려고 도안을 생각 중이에요."

(나) "나도 맨날 해야지 하고 생각은 하는데… 아프진 않아요?"

(동료) "뼈가 있는 쪽은 좀 아픈 것 같고… 어디에 받으시게요?

(나) "저는 예전부터 왼쪽 무릎 쪽에 타투를 받아보고 싶었거든요. 무 릎은 엄청 아프겠네…."

(동료) "그래도 참을 만하니깐 생각 있으면 해봐요. 하고 나면 진짜 아무것도 아니에요."

그날 온갖 호기심이 발동해서 그 친구를 붙잡아놓고 언제 했냐, 어떻게 했냐, 아프지는 않냐, 도안은 누가 만들었냐 등 평소에 누구와도 나눠보지 못한 이야기를 나눴다. 그 친구와의 대화를 통해서 용기를 얻었고 더 늦기 전에 타투를 해야겠다고 진짜 결심했다. 더 이상 남들 눈치 보지 않고 내가 하고 싶은 일을 하면서 사는 걸 인생의 큰 기조로 삼고 있던 터라 결심을 하는 데 하루도 안 걸렸다. 그날부터 '타투', '타투이스트', '타투 도안' 등 관련 키워드로 네이버와 구글에서 마음에 드는 도안을 찾기 시작했다. 그렇게 며칠을 찾았는데도 딱히 이거다 싶은 스타일의 도안을 찾지 못했다. 그래서 일단 내가 평소에 생각하고 있던 도안을 타투이스트에게 직접 의뢰하기 위해서 이미지와 텍스트로 정리했다. 그렇게 정리한 내용을 몇 명의 타투이스트에게 메일로 보냈다.

타투를 받을 계획이 있다면 타투 도안보다 일단 타투이스트를 정하는 게 훨씬 중요한데, 실력 차가 많이 날 뿐만 아니라 본인만의 스타일을 가진 타투이스트가 생각보다 많지 않기 때문이다. 인터넷상에 떠도는 타투 도안을 그대로 사용하거나 약간만 수정해서 쓰는 타투이스트를 만난다면 생각보다 그저 그런 타투가 될 수도 있다. 내가 문의한 타투이스트들은 누가 보더라도 본인만의 독특한 스타일이 있어서 희소성도 있고, 도안도 의뢰인에 맞춰서 직접 제작할 수 있는 경험과 실력이 있었다. 메일을 보내고 나서 하루 이틀 사이에 대부분 답변을 받았는데, 원하는 대로 타투가 가능하니 일단 와서 상담부터 받으라는 답변이었다. 그중에 딱 한 타투이스트만이 내가 보낸 도안은 너무 복잡해서 해도 만족하지 못할 가능성이 크니 다시 생각해보라는 진심 어린 조언을 해주었다. 그냥 느낌상 다른 타투이스트들의 답변은 상술처럼 느껴졌고, 솔직히 조언을 해주는 이 사람에게서 타투를 받아야겠다고 마음을 정했다.

타투이스트와 상담을 끝내고 대략적인 도안과 가능한 날짜를 확인했다. 그리고 와이프에게 타투를 받고 싶다고 이야기했더니 이번에도 그냥 해보란다. "진짜 할 거야? 할 거면 너무 크게는 안 했으면 좋겠어." 아마도 오래된 내 버킷리스트 중 하나가 타투라는 걸 알고 있었기 때문에 별로 놀라지 않는 것 같았다. 나는 적당한 크기로 하겠다고 말을 남기고 며칠 뒤 비가 오는 어느 날 타투이스트의 작업실로 갔다. 타투가 처음이라는 나에게 타투이스트는 인상만큼이나 차분하게 이것저것 설명해주었다. 준비된 도안을 다양한 크기로 출력한 다음 시술받을 위치에 하나씩 대보면서 나에게 원하는 크기를 정하라고 했다. 그리고 나는 매트 위에 가만히 누워 5시간의 작업을 통해 다리에 해골과 꽃을 그려 넣었다. 해골과 꽃이 어우러진 타투는 '죽는 순간만큼은 꽃처럼 아름답길'이라는 의미를 담고 있다. 타투를 받기로 했으니 이왕이면 어떤 의미를 담았으면 좋겠다는 생각을 했고, 고민 끝에 내가 지금 하고 있는 모든 생각과 행동의 밑단에 깔린 '행복'이라는 키워드를 해골과 꽃을 빌어 담아냈다. 타투를 받는 5시간이 생각보다 아프고 지루하긴 했지만, 아픈 것 이상으로 타투가 마음에 들었다.

그날 밤 아이들은 아빠 다리에 생전 처음 보는 해골 그림을 보며 궁금해했다. "아빠, 이거 뭐야?", "누가 그려줬어?", "왜 그렸어?", "그럼 안 지워져?" 많은 질문을 쏟아냈다. 예상치 못한 건 아니었지만, 날아드는 아이들의 질문 공세에 답하기가 생각보다 어려웠다. 그래도 이제는 아이들이 먼저 나서서 "우리 아빠는 행복하게 꽃 위에서 죽는 게 꿈이래요."라며 나 대신에 다른 사람들에게 타투의 의미를 설명해주곤 한다. 내가 지난 수년간 하고 싶은 것을 찾아서 하나씩 하고 있어서일까. 양가를 통틀어서 타투를 한 유일한 사람이 되었음에도 부모님들은 생각보다 놀라지 않으셨다. 이런 걸 보면 **20년 넘게 내가 눈치 보면서 하지 못했던 것 중에 많은 것은 타인의 시선 때문이 아니라 결국 부족한 나의 용기 때문**이 아니었나 하는 생각이 들었다. 타투 하나로 또 한 번 큰 깨달음을 얻었다.

얼마 전에 친한 후배가 SNS에 올라 온 내 타투 사진을 보고 용기를 얻었다며, 자기도 이번에 꼭 받겠다고 타투이스트를 소개시켜 달라고 했다. 그리고 얼마 뒤 타투를 받았고, 너무 마음에 든다며 연락이 왔다. 하다 하다 이제는 남들에게 타투까지 영감을 주고 있다는 생각에 피식 웃음이 나왔다. 요즘처럼 더운 날에 반바지를 입고 아파트 엘리베이터에 이웃들과 함께 탈 때면 내 다리에 머무는 그들의 시선이 느껴진다. 예전 같으면 내가 괜히 무슨 죄인이라도 된 것처럼 민망해했겠지만, 이제는 더 이상 그런 시선에 움츠러들지 않는다. 타인의 시선이 불쾌하지 않은 이유는 그들의 시선이 익숙하지 않은 상황에 대한 당연한 호기심 정도라고 생각되기 때문이다. 기회가 되면 또 한 번 다른 곳에 '가족'과 관련된 의미를 담은 타투를 해보고 싶다. 타투 상담을 받으러 갔을 때 타투이스트가 그런 말을 했다. "많은 사람이 그냥 편의점 가듯이 편하게 타투 받으러 와요. 근처에 왔다가 전화해서 비어있는 시간에 와서 작은 타투를 받으러 오고, 커플끼리 영화관 가듯 데이트하러 타투를 받으러 오기도 해요. 타투를 받아본 사람은 알아요. 어렵지도 않고, 아무것도 아니라는 걸."

타투를 통해서 내 마음의 오래된 벽을 하나 허문 느낌이다. 이제는 다른 사람들의 시선이 신경 쓰일 때마다 타투를 보며 잊을 수 있을 것 같다.

07

만 18세가 되면 혼자 살아가야 하는 아이들이 있어요

나는 눈물이 많은 편도 아니고 슬픔에 대해서 상대적으로 좀 무딘 편이다. 연말이면 이곳저곳에서 들리는 구세군 종소리에도 별 감흥이 없고, TV나 인터넷을 통해 접하는 아프리카의 열악한 환경에도 그다지 눈길이 가지 않는다. 이런 나를 유일하게 가슴 아프게 만드는 건 오직 '아이들' 뿐이다. 두 아이의 아빠가 되어서 그런지, 요즘에 이곳저곳에서 터지는 아이들과 관련한 불미스러운 뉴스들을 볼 때면 차마 끝까지 보지 못하고 다른 뉴스로 시선을 돌린다. 특히, 본인의 의지와 상관없이 남들과 다른 환경에서 자라야 하는 아이들을 볼 때면 그렇게 가슴이 아플 수가 없다. 선택하지 않았음에도 부모가 없어야 하고, 기본적인 의식주가 해결되지 않고, 교육의 기회마저 사치인 이 아이들은 내 마음이 동하는 유일한 이유이다. 우연한 기회로 나는 미루고 있던 아이들에 대한 작은 후원을 시작했다. 그 후원이 너무 작아서 어디에 말하기도 부끄럽지만, 이제 막 시작한 내 작은 마음이 앞으로는 더 커졌으면 하는 나와의 약속인 동시에 이 아이들에게 더 많은 관심이 이어지길 바라는 마음으로 짧게 이야기해보려고 한다. 이 이야기는 내가 아닌 아이들에 대한 이야기다. 살아가면서 한 번쯤 내 주변의 사회적 약자에 대한 관심을 갖는 따뜻한 일탈이 많아졌으면 좋겠다.

KAIST에서 진행하는 '사회적 기업가 경영 단기 과정'이라는 프로그램에 참가한 적이 있다. 수업을 듣는 참가자 대부분은 사회적으로 이슈가 되고 있는 문제를 해결코자 하는 소셜 미션을 가진 창업자(예비 창업자)들이었다. 고령화 시대에 발생하는 사회적 이슈, 반려동물과 관련된 사회적 이슈, 환경적인 문제에 대한 사회적 이슈 등 다양한 분야의 사회적 이슈가 있다는 걸 그 수업을 통해서 알았다. 그중에서 나의 관심을 끌었던 사회적 문제는 역시 '아이들'과 관련된 것으로, 한 대표님의 발표로부터 시작되었다.

"현행법상 만 18세가 되는 아이들은 보호시설을 떠나 완전한 독립을 해야만 합니다. 이 친구들에게는 정부로부터 자립 정착금이라는 명목으로 약 100~500만 원의 돈이 지급되는데, 아이들은 이 돈으로 살 곳을 찾아야 하고 끼니를 때우며 사회라는 망망대해에서 오롯이 혼자 살아가야 합니다."

그동안 잘 몰랐던 '보호 종료 아동들'이 처해있는 현실에 대한 이야기를 듣는데, 마음이 울컥하면서도 이런 아이들이 직면해야 하는 냉혹한 현실을 외면하는 정부와 사회 시스템이 야속하게 느껴졌다. 500만 원이라니. 어른들조차도 당장 500만 원 가지고 어디 가서 새 출발 하기 쉽지 않을 텐데, 어제까지 시설에서 한평생을 살아온 아이들이 오늘부터 당장 그 돈을 가지고 자립해야 한다는 현실에 분개하지 않을 수 없었다. 그 대표님의 소셜 미션에 격하게 공감하기 시작한 나는 인생 처음으로 내 용돈 중 커피 몇 잔 마실 정도의 금액을 정기적으로 후원하기 시작했다. 사실 정기적인 후원에 대한 불신이 있어서 지금까지 한 번도 해보지 않았지만, 대표님과 따로 커피도 마시고 회사에서 진행하는 다양한 프로그램을 접하면서 믿음이 생겼다. 그리고 무엇보다도 이 후원은 단순히 내가 아이들에게 금전적인 도움을 주는 개념이 아니라, 회사에서 디자인 교육을 받고 있는 아이들에게 교육의 기회를 주는 개념의 후원이었다. 아이들은 분기마다 교육을 통해 직접 디자인한 제품을 '빌더'라고 불리는 후원자에게 하나씩 보내준다. 이런 후원 방식은 아이들에게는 자립할 수 있는 교육의 기회를 주고, 후원자는 좋은 제품을 정기적으로 받아볼 수 있다.

SOYF(https://www.soyf.co.kr/)라는 회사다. 'Stand On Your Feet(너의 발로 스스로 일어서라).'라는 의미를 가진 회사로, 보육 청소년들에게 교육을 통해서 스스로 자립할 수 있는 기회를 주는 회사다. 단순히 교육만 하지 않는다. 정기적으로 아이들과 만나서 다양한 체험 기회를 제공하기도 한다. 또, 외로움에 취약한 아이들이 무너지지 않도록 함께 모여 커뮤니티를 만들고 멘토링을 진행한다. 아이들이 진짜 자립할 수 있는 실질적인 도움을 주는 프로그램을 운영하고 있다. 내가 보내는 작은 관심에 비해 아이들은 잊지 않고 때마다 더 좋은 제품을 보내온다. 내가 고마운 마음을 표현할 수 있는 건 기회가 될 때 조금씩 홍보해주는 일밖에 없는 것 같다. 얼마 전에도 SNS 에 아이들이 보내온 제품을 입고 많은 사람이 관심을 가져주길 바라는 마음에 사진을 찍어 올렸다. 고맙게도 친구 몇 명이 내 글을 보고 제품의 디자인이 무척 마음에 든다며 흔쾌히 후원에 동참해서 기분 좋았던 일이 있었다. 작은 관심과 나눔으로 모두가 따뜻해질 수 있는 일이 '후원'이다. 돈을 후원할 수도 있고, 재능을 후원할 수도 있다. 그것이 부담스럽다면 작은 관심만 가져주는 일도 뜻깊은 후원이 된다. 그저 내 마음이 동하는 일, 그것을 찾는 것부터 시작하면 된다. 나누면 내가 더 마음이 풍족해진다. 빈말이 아니라 해보니까 진짜 그렇다. 지금까지 내가 해왔던 어떤 일탈로도 채울 수 없는 따뜻함이 여기에 있다.

올해 초 SNS에 올렸던 아이들이 직접 디자인해서 보내 준 맨투맨 티셔츠

불안한 미래에 대한 걱정으로 현실을 버티지 말자

얼마 전에 어떤 회사의 대행사 선정 외부 평가위원 자격으로 경쟁 PT에 참여할 일이 있었다. 평가위원으로 자리에 앉아 PT가 시작되길 기다리고 있는데, 제일 먼저 들어온 업체의 대표가 낯이 익어 유심히 봤더니 아는 후배였다. 오래전 내가 담당하던 업무를 지원하던 아르바이트생이었는데, 시간이 흘러 우연히 평가자와 피평가자 사이로 만나게 된 것이다. 그 후배도 적잖게 놀라는 눈치였는데, 서로 내색은 하지 않았다. PT가 끝나고 그날 저녁 후배로부터 카톡이 왔다. 왜 형님이 거기서 나오느냐며, 너무 놀랐다는 이야기였다. 그러면서 하는 이야기가 그동안 나를 롤 모델로 삼고 살았고, 나중에 회사가 자리 잡으면 잘된 모습을 나에게 보여주고 싶었단다. 고마우면서도 기특한 생각이 들었다. 평가가 마무리되면 그때 만나서 밥 한 끼 같이하기로 약속하고 대화를 접었다.

심심치 않게 내가 롤 모델이라는 후배들의 고백을 들을 때가 있다.

"팀장님이 제 롤 모델이세요.", "형처럼 살고 싶어요." 가끔은 친구나 선배들도 내가 살아가는 방식이 제일 부럽다고 이야기한다. 아마도 그들이 동경하는 내 모습은 회사에 다니는 내가 아니라, 회사도 다니면서 다양한 경험을 쌓아가는 나의 모습일 것이다. 나는 지극히 평범한 삶을 산다. 회사에 다니고, 아이를 키우고, 내가 하고 싶은 일을 짬 내서 할 뿐이다. 뭐 대단한 것 없는 내 삶이 부러움의 대상이 되는 것만으로도, 우리 사회가 점점 평범하고 당연한 것들이 결핍되어 가는 것 같아서 안타깝다.

아이러니하게도 나는 동경하고 따라가는 롤 모델이 없다. 가끔 조언을 구하는 선배들은 있지만, 그들을 동경하지 않는다. 부모도 마찬가지다. 부모의 삶을 존중하고 감사하게 생각하지만, 역시 동경하지 않는다. 그냥 나는 나의 삶을 살 뿐이다. 내 방식대로 내게 주어진 시간에 집중하기도 부족한데, 누군가를 롤 모델로 삼고 그의 발자취를 좇아갈 시간도 생각도 별로 없다. 최근에 지금까지 해왔던 일과는 전혀 다른 분야에서 새로운 도전을 해보고 싶어서 어느 회사와 인터뷰를 했다. 그때 질문 중 하나가 롤 모델과 관련된 것이었다.

(회사) "지금까지 살아오면서 누구로부터 가장 많은 영향을 받았으며, 그 이유가 있다면 무엇인지 설명해주실 수 있을까요?"

(나) "솔직하게 저는 타인으로부터 큰 영향을 받았다고 생각하지 않습니다. 가끔 이런 질문을 받을 때 제가 내놓는 답변은 '과거의 나로부터 영향을 많이 받는다.'입니다. 예전에 써 놨던 일기장을 보고, SNS에 기록해놓은 사진과 코멘트를 보면서 과거의 나와 지금의 나를 자주 비교합니다. 그리고 최소한 지금이 과거보다 아쉬움이 없도록 노력합니다. 나보다 나를 잘 아는 사람이 없고, 나를 가장 객관적으로, 또 주관적으로 들여다볼 수 있는 방법은 오직 나와의 '비교'라고 생각합니다."

그들이 나의 답변에 얼마나 공감했는지는 모르겠으나, 실제로 그 자리에서 내가 평소 생각하던 바를 그대로 이야기했다. 한때는 나도 내 삶을 남들보다 경쟁 우위에 놓고 싶어서 치열하고 여유 없이 살았다. 회사에서 인사 고과 B를 받느냐 A를 받느냐에 목숨을 걸고, 남들보다 더 많은 돈을 벌고 싶어서 밤낮 주말 없이 고군분투했다. 근데, 그게 전부가 아니라는 것을 깨닫고부터 나의 삶과 행복 그리고 긍정적인 에너지에 집중하는 삶을 살고 있다. 회사의 일로부터 탈출해서 회사 밖에서 더 큰 의미를 찾기 시작한 지도 벌써 수년이 됐다. 하나씩 하나씩 일단 저지르고 보니, 너무 멀리 있어서 그저 바라만 봐야 했던 '무엇'이 어느새 내 손에 쥐어져 있을 때가 많았다. 할 수 있다는 자신감, 행복한 가정생활, 내 꿈에 대한 동기 부여 등 과거에는 어느 하나 느껴보기 힘들었던 에너지를 내 안에 하나씩 채워가고 있다.

요즘은 더 큰 그림을 그리고 있다. 지금까지는 온전히 나에게 집중해서 내가 할 수 있는 많은 일탈을 찾았다면, 앞으로는 누군가와 '함께' 할 수 있는 일탈을 해볼 생각이다. 새로운 에너지를 채우고 지금까지 몰랐던 행복을 찾아가는 나의 소소한 경험을 누군가와 나누고 싶다. 사람들이 회사에서 전속력으로 질주하지 않았으면 좋겠고, 모든 에너지를 회사를 위해서 쓰지 않았으면 좋겠다. 그리고 남은 에너지는 나와 가족을 위해서 썼으면 좋겠다. 물론 일탈은 회사에서 기대하는 내 몫을 다하는 걸 전제로 한다. 회사의 구성원으로서 기본적인 소임을 다 해야 하는 것이다. 회사 생활은 전혀 관심 없고 맨날 딴짓만 한다면 언젠가는 고스란히 나에게 부메랑이 되어서 돌아올 것이 틀림없다. "쟤는 맨날 회사에서 일은 안 하면서, 하고 싶은 일은 다 한다니까."라는 소리를 듣기보다 "쟤는 진짜 대단해. 회사 일도 잘하는데, 자기가 하고 싶은 일도 다 한다니까."라는 소리를 들어야 한다. 그런 마음가짐을 밑바탕에 깔고 작은 일탈부터 시작하면 된다.

내가 1981년생이니까, 올해로 마흔 살이 되었다. 두 아이의 아빠이기도 하면서 회사에서는 15년 차의 커리어를 가진 팀장이기도 하다. 대한민국 표준을 살고 있는 마흔 살 언저리에 있는 내 또래의 최대 관심사가 '미래'다. 앞으로 무얼 해서 먹고살아야 할지, 어떻게 살아야 할지, 언제까지 돈을 벌 수 있을지 미래에 맞닥뜨릴 냉혹한 현실에 관한 것이다. 하루에도 몇 번씩 걱정을 토로하며 불안한 미래로 걱정스러운 현실을 버티고 있다. 어떤 미래가 펼쳐질지 누구도 알 수 없다. 마흔 살이 된 우리가 지금 할 수 있는 일은 책상 앞에 앉아 신세 한탄하는 것이 아니라 앞으로 나의 10년 20년을 책임질 인생 2막을 준비하는 것 뿐이다. 그것이 무엇이든지 준비하는 자와 준비하지 않는 자의 미래는 극명하게 달라질 것이다.

미래를 걱정하는 또래의 친구들에게 내 이야기와 경험이 조금은 다른 형태의 용기를 주었으면 하는 바람이다. 그리고 그 용기로 자신만의 일탈 이야기를 만들어나가면 좋겠다. 해보니 일탈은 속도보다는 방향성과 지구력이 중요하다. 지금 당장 눈에 보이는 결과가 없더라도 하나씩 경험을 쌓다 보면 일정한 방향으로 속도가 붙는다. 그리고 그것들은 결국에 나에게 의미 있는 결과가 되었다. 일탈에 의미 없는 것은 아무것도 없다. 지금 당장이 아니더라도 언젠가는 유기적으로 엮여서 전혀 기대하지 않은 시너지와 기회를 가져다준다. 내가 좋아하는 아프리카 속담 중에 "Haraka haraka haina Baraka, Polepole ni mwendo."라는 말이 있다. 해석하면 "서두르는 것에는 축복이 없고, 천천히 하는 것이야말로 자연의 속도다."라는 뜻인데, 모든 것은 정해진 때가 있으니 서두르지 말고 내 페이스에 맞춰 가야 한다는 말이다. 일탈이 그렇다. 어떤 결과를 바라고 욕심을 내기보다는 일단 시작하고 만들어가는 과정에서 얻는 새로운 에너지와 재미에 중점을 두어야 한다. 다시 말하지만 빨리 달리면 빨리 지친다. 마흔이라는 버스에 이제 막 올라탄 우리가 달려야 할 길은 아직도 많이 남았다. 마흔이라는 버스 위에서 때로는 흔들리고 때로는 넘어질지언정, 버스에서 내릴 때까지 지치지 말고 즐겁게 가보자.

늘 내가 '일탈'이라는 이름의 프로젝트로 때로는 무모하게, 때로는 어처구니없게 '딴짓'을 할 때마다, 충분히 즐길 수 있도록 배려하고 용기를 주는 1982년생 와이프에게 이 글을 빌어 고맙다는 말을 전한다. 그런 격려 덕분에 부담은 됐지만 매 순간 즐길 수 있었다. 온전히 그대 덕분이었다. 앞으로도 나를 위해, 가족을 위해 더 많은 '딴짓'을 하는 '프로 일탈러'가 되겠다고 다짐하며 글을 마친다.

2020년 7월 28일 / 오늘도 비 오는 날 동네 카페에서